徳 間 文 庫

夫は泥棒、妻は刑事㉒

泥棒は世界を救う

赤 川 次 郎

徳 間 書 店

目次

プロローグ

「何かあったのかな」

と、草野《くさの》まなみは言った。

わざわざ言うまでもなかった。

コンサート会場になったアリーナの周辺に、警官が何人も立っていたのだ。

「誰か来てたんじゃない？」

と、一緒にコンサートに来たクラスメイトの北見弥生《きたみやよい》が言った。「ＳＰがいるよ。ほら耳にイヤホン入れてる」

「本当だ。誰だろう？　気付かなかったね」

何しろ、何万人という観客だ。どこかの席にＶＩＰがいても、分らないだろう。

「コンサートって、帰りがいやだね」

と、草野まなみは言った。「地下鉄混むね。少し歩く？」

「そうだね。雨でもないし……」

秋になって、こうして夜歩くのも苦にならない。

一つ隣の駅で地下鉄に乗れば、少しは楽かと思ったのだが、会場を出る人の流れを見ていると、同じことを考えている人間が、かなりいるのが分る。

「どっち行っても同じか……」

と、弥生が言った。

もとはと言えば、このロックグループのファンは北見弥生の方で、まなみは「お付合」で来たようなものだった。

それでも、思い切り叫《さけ》んだり、飛んだりはねたりしていると、多少はストレスの解消になった。

草野まなみと北見弥生は二人とも十七歳の高校二年生。大学受験に向けて、塾通いの日々である。

二人が、アリーナ前の広いスペースを横切ろうとすると、突然行手を数人の男たちに遮《さえぎ》られた。

「止って！」

男たちは長いロープを持って、まなみたちを止めて押し戻した。もちろん、後ろからもゾロゾロと大勢やって来るので、まなみも弥生もロープにお腹を押し付けられて、

「何ですか？　後ろが――」

「いいから止れ！」

と、頭ごなしに怒鳴られて、まなみはムッとした。

アッという間にロープの手前に人がたまって行く。

「どうなってるの？」

と、まなみは言った。

「誰か出て来るんだ」

と、弥生が言った。

そう。まなみも、ロープで人の流れを止めているのがSPらしいと気付いていた。

黒塗りの大きなワゴン車がやって来て停る。

このスペースは、車乗り入れ禁止のはずだが、誰かよほどのVIPなのか。

「誰？」

「どこ？」

といった声があちこちで起る。

「芸能人？」

なんて言ってる子もいる。いくら何でも……。

「外国人だ」

と、弥生が言った。

　SPに囲まれるようにして、金髪が大分薄くなった初老の男性がスーツ姿でやって来た。

「あれ……どこかの大統領だよ」

と、まなみは言った。「TVのニュースで見た」

「へえ。あのグループのファン？」

「さあね……」

　長身で、周囲のSPより頭一つ出ている。

「早く行ってよ……」

と、まなみは呟《つぶや》いた。

　様子の分っていない後ろの方では、

「どうして止ってんだよ！」

と、苛《いら》ついている声がした。

　ワゴン車のスライドドアが開き、その外国のどこだかの大統領が乗り込もうとしたときだった。

　バン、バン、と短く乾いた破裂音が、すぐそばで聞こえて、大統領がよろけて膝《ひざ》をついた。――何だろう？

　何が起ったのか、まなみには分らなかった。だが、SPがあわてて大統領を取り囲んでいるのを見て、「もしかして、撃たれた?」と思った。

でも、そんなことが目の前で——。

半信半疑の思いで立っていたまなみは、突然右手に何かを押し付けられるのを感じた。

え?　何なの?

固くて重い何かが右手に押し付けられ、握らされた。

振り向く間もなかった。

まなみは背中を強く押されて、ロープごと前に倒れかかった。

ロープを持っていたSPも、突発事に焦《あせ》っていた。ロープを持つ手を離していたのだ。

まなみはロープに絡まるようにして、前のめりに倒れた。

そのとき気付いた。右手に拳銃を持っていることに。——まさか!

「取り押えろ!」

と、誰かが叫んだ。

次の瞬間、まなみの上に、大柄な男たちが何人も折り重なった。額《ひたい》をコンクリートに打ちつけて、まなみは気を失ってしまった……。

1　祖父の嘆き

どこにいても目立たない。

そう言ったら、今野真弓《こんのまゆみ》は怒って、

「私の夫はどこにいても目立つわよ！」

と言い返すに違いない。

しかし、今野淳一《じゅんいち》としては、「目立たない」方がいい場合もあった。なぜなら、「泥棒の下見をしているところ」が、あまり目立っては困るのである。

淳一は、ハンバーガーショップの、表に面した席に座って、時間を持て余している様子で、週刊誌をパラパラめくっていた。

しかし、視線は道の向いにある宝石店へと向けられていて、人の出入りや、ガードマンの交替時間などをチェックしていた。

穏やかな秋の午後で、下見でなければ、ウトウトしてしまいそうな日射しだった……。

そのとき――。

淳一の向いの椅子に、一人の老人が座った。淳一は面食らって、

「他にも席は空いてますよ」

と言った。

しかし、その老人は、真直《まっす》ぐに淳一を見つめると、

「頼む！」

と、頭を下げて言った。「孫を助けてくれ！」

淳一はその老人をまじまじと眺めて、

「――もしかして、広吉《ひろきち》さんか？」

と言った。

「ああ。草野広吉だ」

「これは……。久しぶりだ」

と、淳一は言った。「しかし――十年はたってないだろ？」

「そんなところだ」

と、かつて同業者だった老人は言った。「すっかり年齢《とし》を取ったよ」

確かに、淳一の記憶の中の草野広吉は、年齢は取っていても、どこか垢抜けた泥棒稼業だった。

「体を悪くしてな」

と、広吉は言った。「刑務所じゃ、充分な治療もできないからな」

「そうか……」

「まあ、それでもこんな盗人を病院に入れてくれるだけでもありがたい話だ」

「広吉さん……。困ったことでも？」

「孫娘のことなんだ」

「というと……娘さんの子かね？」

「うん。――娘は一人で子供を育てて、俺は何もしてやれなかった。俺が出所して、間もなく死んじまった。女の子を残してな」

「そうだったのか。――頼ってくれりゃ良かったのに」

「今、頼りたいんだ」

と、広吉は言った。「孫のまなみが、とんでもないことになってる」

「落ちついてくれ」

と、淳一は言った。「何か飲物を。何も頼まずに座ってちゃまずいよ」

「そうだった……」

と、草野広吉は息をついて、「すまない、つい……」

「当然だよ。何がいい？　ここは自分で買って持って来るんだ」

草野広吉は、

「それは自分で――」

と言いかけたが、「じゃ、ホットミルクにしてくれ。刑務所にいると、コーヒーなんか飲めないからな」

「分った」

淳一はホットミルクをカップに入れてもらって持って来ると、広吉の前に置いた。

そして、自分のコーヒーを飲んで、

「話してくれ」

と言った。

「騒ぎになった。知ってるだろ。どこだかの大統領が撃たれた」

「ああ。N国のマドラス大統領だろう？　中米の小さな国だが、あの大統領は人気があるようだな」

と、淳一は肯《うなず》いて、「じゃ、マドラス大統領を撃った少女というのが……」

「孫のまなみだ。しかし、あの子がそんなことをやらかすわけがない」

「あのときの映像を見たよ。しかし、撃ったところは映ってなくて、取り押えられてる場面だったな」

「頼む。あの子を助けてやってくれ！　俺には何もできない。こんな前科者が何を言っても信じてくれないだろう」

「待ってくれ。今どうなってるのか、確かめる」

淳一は席を立って、店の外へ出て、ケータイで妻の真弓へかけた。――警視庁捜査一課の刑事で、かつ淳一の恋女房である。

「あら、珍しいわね」

と、真弓はすぐに出ると、「私の声を聞かないと寂しくて仕方ないの？」

「そんなところだ」

と、淳一は言った。「今、どこにいるんだ？」

「捜査会議の最中よ」

と、真弓は平然と言った。「だから何話してても大丈夫」

声をひそめるでもない。真弓にはどんな上司もかなわないのである。

「担当じゃないだろうが――」

淳一は、マドラス大統領が撃たれた件だと説明した。「大統領のけがはどうなんだ？」

「二発、お腹に当ったけど、命に別状ないってことよ。ただ、しばらくは日本で入院治療ね」

「その犯人として逮捕された女の子のことなんだ」

「女の子のこと?　あなた、まさかあの子と恋仲だとか言わないわよね」

女と聞くと、真弓の声がガラッと変る。

「そうじゃない。昔からよく知ってる人の孫なんだ。彼女が犯人だと発表されてるが……」

「まだ未成年でしょ。名前は公表しないと思うけど」

「ネットに出ているんじゃないか?　ともかく、慎重に調べてほしいんだ。拳銃を持ってたというが、引金に指紋が付いていたかどうか。それに、硝煙《しょうえん》反応が手から出たかどうかも、当然調べただろうが……」

「分ったわ。このまま待ってて」

「そんなにすぐに分るのか?」

「うちの課長に問い合せさせるわ」

上司をこき使う刑事も珍しいだろう。

とりあえずかけ直すことにしたが、わずか二、三分後に真弓からかかって来た。

と、真弓は不機嫌そうに言った。

「ふざけた話よ」

「どうした?」

淳一には見当がついた。

「あのね。捕まった子、草野まなみっていうそうだけど、今、祖父と二人暮しで、その祖父っていうのが、刑務所に入ってた、元泥棒なの。それで、担当の刑事は、その女の子が犯人と決めつけてるわ」

「じゃ、硝煙反応とか、調べてないのか？」

「ひどいと思わない？　どうせ泥棒の孫なんだから、何をやらかしてもおかしくないっていうの。泥棒のどこがいけないっていうのよ！」

「おいおい。しかし、その子には、大統領を撃つような動機はないだろう。それで――」

「怒鳴りつけてやったわ。これから調べて、結果を知らせてくれることになってるわ」

「分った。じゃ、何か分ったら、連絡してくれ」

淳一が店の中へ戻ると、草野広吉はじっと動かずに座っていた。

「今、調べてるそうだ。大丈夫。うちの奥さんは、前科があるからって、偏見を持ったりしない。安心してくれ」

「すまねえな」

と、広吉は言った。「いつかきっと恩は返す」

「気にしないでくれ」

と、淳一は言った。

「で、ここで何してたんだ？」

広吉に訊《き》かれて、

「時間つぶしさ」

と、淳一は適当に答えた……。


フッと一瞬、意識がなくなって、佐竹《さたけ》はハッとした。

眠るな！　俺はSPなんだぞ。

そう自分へ言い聞かせても、自信はない。

「畜生《ちくしょう》……」

と呟いてみたものの、あの瞬間が戻ってくるわけではない。

大統領狙撃。——佐竹は、SPとして、マドラスのそばについていた。

もちろん、どんなに用心していても、百パーセント安全ということはあり得ない。

しかし、SPは「どうしても防げないときは自分が代って弾丸を受ける」べき立場にある。

しかし、いざ現実に起ると、弾丸より速く動くことなど、できないのである。

結果として、マドラスは二発の銃弾を受けてしまった……。

「もう引退したら？」

娘の涼子《りょうこ》から、佐竹は何度も言われていたが、

「まだまだ若い」

と言い張って来た。

佐竹安次《やすじ》は今五十歳。――自分では充分若いつもりだし、ことが起ったときの対応も若い連中にひけを取らない自信はあった。

しかし、どうなのだろう。自分でそう思い込んでいるだけで、実際には反応も動きも鈍っているのかもしれない……。

――佐竹は立ち上って伸びをした。

今、佐竹は病院にいた。もちろん、マドラス大統領がここに入院しているのだ。命に別状はない、と聞いたとき、佐竹はホッとした。そして、今度はこの病院で、マドラスのそばについていることにしたのである。

ケータイが鳴った。

佐竹は、ちょっと周囲を見てから、廊下の奥の方へと大股に歩きながら、

「もしもし、涼子か」

娘の涼子がかけて来たのである。

「お父さん、どこにいるの？」

と、涼子は問い詰めるような口調で言った。

分っているのだ。佐竹はごまかすのをやめて、

「病院だ。マドラス大統領の入院先だよ」

と、正直に言った。

「やっぱり！」

と、涼子はため息をついて、「今、上田《うえだ》さんから電話があったのよ」

「上田から？」

「マドラス大統領の警護は、ちゃんと警視庁の方でやるんだっていうじゃない。お父さんの仕事じゃないのよ」

もちろん、佐竹もそう聞いていた。

「分ってるが、現に、今、誰も来てないんだ。ちゃんと大丈夫と分るまでは……」

「そんなこと言って！　――ともかく、早く帰って来てね。今夜は私、仕事があるの」

「涼子――」

「分ってるわ。お父さんが、責任を感じてることもね」

「俺はSPだ。しかしマドラスを守れなかった」

「誰だって、完璧ってことはないでしょ」

と、涼子は言って、「私、一郎《いちろう》を迎えに行かないと」

「ともかく、誰か来たら帰る」

「約束よ！」

「ああ、分った」

渋い顔で通話を切った佐竹だが、娘の気持は分っていた。

気が付くと、ナースステーションの前に、背広姿の男が二人やって来ている。

佐竹も一人は顔を知っている。警視庁の刑事だ。

「やあ、ご苦労さん」

と、声をかけると、

「佐竹さん、どうしたんです？」

「いや、誰か来るまでと思って……」

「ご心配なく。僕らは下と上でしっかり見張りますよ」

「うん、まあ……。よろしく頼むよ」

佐竹は何となく心残りだったが、「じゃ、俺は失礼するよ」

「ご苦労さまでした」

ちょっとぐらいは引き止めてくれて、どういう点に用心するべきか、訊いてくれてもいいのに、と思った。しかし、二人とも引き止めてはくれなかったのである。

エレベーターの扉が閉るとき、刑事の一人が、

「あの人、撃たれたとき、そばについていたんでしょう？」

と言っているのが、ちらっと耳に入った。

――そうだよ。俺がそばにいながら、防げなかったんだ。

佐竹は、マドラス大統領が二発撃たれたことを、幹部が問題視しているのだと、承知していた。

一発目は不意をつかれてのことだから仕方ない。だが、体を張って、二発目は防ぐことができたのではないか、というわけだ。

続けざまに二発だったのだ。二発目を体で受けるなど、とてもそんな余裕はなかった。

「まあ……あとは任せるよ」

と、佐竹は呟いた。

2　銃弾

「ありがとうございました」

涼子はそう言って頭を下げた。

保育園から一郎の手を引いて出ると、

「今夜、ママはお仕事なの。おじいちゃんが帰ってくるから、大丈夫ね」

「うん、平気だよ」

今年四歳になる一郎は、至《いた》ってしっかりした子である。

涼子は大学生のとき、恋人の子を身ごもって、出産することを選んだ。ちゃんと卒業し、仕事にも就いたが、そのときにはすでに彼との間はぎくしゃくし始めていた。

結局、涼子は未婚のまま一郎を育てていく決心をした。――父、佐竹安次はいい顔をしなかったが、一人娘が頑固で、一度こうと決めたら、てこでも動かないことを知っていたので、何も言わなかった。

涼子の母は、涼子が高校生のとき、亡くなって、涼子はそれ以後、家事一切をこなして来た。父親にとやかく言わせない強みがあったのである。

涼子は一旦就職した出版社を辞め、フリーライターとして仕事をしていた。毎朝出勤する必要はないが、その代り、休日も夜中まで仕事があったりする。

一郎が四歳という年齢のわりにしっかりしているのは、そういう母親の事情を、四歳なりに分っているからだろう。

「――夕ご飯、何か買って行こうね」

と、涼子はスーパーへ寄ることにした。

父は料理などまるでやらない。父の分も、弁当か何か買わなくてはならない。

スーパーで、涼子は一郎の好きな、唐揚げのお弁当と、父のための和風弁当を買うことにして、レジに並んだ。

「表にいるね」

一郎が先にスーパーを出て行く。

「遠くに行かないで！」

言うまでもないことだが、つい口に出てしまう。レジもすぐに順番が来て、涼子はスーパーを出た。

「一郎？」

涼子は表に出て左右を見た。一郎の姿がない。

「もう……。どこに行ったのかしら?」

急いで帰らなきゃならないのに。——涼子は、スーパーの中へも戻ってみたりしたが、一郎はいなかった。

「おかしいわ……」

一郎は勝手にどこかへ行ってしまう子ではない。

すると、ケータイが鳴った。

「——はい、もしもし?」

少し間があって、

「息子は預かったぞ」

と、男の声が言った。

「何ですって?」

「後ろの街灯の下を見てみろ」

振り向いた涼子は、一郎が肩からさげていた黄色いバッグが、街灯の足元に落ちているのを見付けて、駆《か》け寄った。

〈佐竹一郎〉という名がある。

「誰なの!」

涼子は必死で周囲を見回した。向うが、「後ろの街灯」と言ったのは、涼子の姿を見ているからだろう。

「言う通りにしないと、息子の命はない。本気だ。下手な真似をするな」

冷ややかな口調だった。

「何が望み？」

涼子は血の気のひくのを感じた。

「死にそこなったマドラスの命だ」

「大統領の？　無理よ！」

「それなら、息子とは会えないぞ」

「分ったわ！　でも……」

「お前の父親にはしゃべるな。頑固者だ。孫のためでも、自分で手を下せないだろう」

「それじゃ――」

「お前が、自分でマドラスを殺すんだ」

「そんなこと……」

「息子の命か、マドラスの命か。どっちかを選べ」

迷う余裕はない。

「一郎のためなら……」

「よし。どんな手を使ってもいい。マドラスを殺せ。そしたら、息子は返してやる」

涼子は深く呼吸をして、

「分ったわ。でも、すぐにと言われても」

「三日やる」

「三日……」

「明日から三日間だ。いいな。三日目の真夜中、午前〇時を過ぎて、マドラスが生きていたら、お前の息子の命は――」

「何度も言わなくても分ってるわよ！」

涼子の声は震えていた。

「よし、その調子だ」

と、男は言った。「お前は一度決めたことはやり通すそうだな。息子を救うためだ」

「何とか……」

「その息子のバッグの中を見ろ」

と言って、男は切った。

「一郎……」

何てことだろう！　しかし、たった三日では、一郎を誘拐した人間を見付けることは難しい。

「でも、私にできるかしら？」

と呟いて、涼子は一郎のバッグを取り上げた。「――え？」

いやに重い。男が「バッグの中を見ろ」と言ったことを思い出して、バッグを開けると――。


「お帰りなさい」

と、涼子は言った。

「ああ……」

佐竹は疲れ切った様子で、アパートの部屋へ上ると、「何だ。どうした？」

涼子がボストンバッグに服を詰めていたのである。

「仕事なの。旅行の記事」

「そうか……」

「夕飯は、お弁当が台所に。明日、明後日はどこか外で食べてね」

「ああ……。それは構わんが……」

と、佐竹は部屋の中を見回して、「一郎はどうした？」

「二、三日空けるから、お父さんがみるの、大変でしょ。昔の職場仲間で、今子育てしてる友達が預かってくれるっていうから、お願いしたわ」

「そうか……」

「さっき車で迎えに来てくれたの。一郎も慣れてる家だから」

「何なら俺がみてても良かったのに……」

「大変よ。お父さんだって、仕事にいくでしょ？」

「まあ……明日は一日休もうと思ってるが」

「じゃ、ゆっくりするといいわ。——ええと、カメラ、ICレコーダー……。大丈夫。忘れものはない」

「気を付けてな……」

と、自分で肯くと、「じゃ、行くわね。列車の時間があるから」

ネクタイを外しながら、佐竹はそう言って、涼子が玄関で靴をはくのを見ていたが、

「——もし、急な連絡が……」

と言いかけた。

「行って来ます！」

涼子は玄関のドアを開けて、「鍵、かけてね！」

と言って足早に——。

涼子はアパートを出て、表通りへ出ると、タクシーを拾った。

「東京駅へ」

大きく息を吐く。——父に嘘をつき続ける自信がなかった。

もちろん、一郎がいないことを、父に納得させなければならなかったので、こうしたのだ。

三日も家を留守にする理由は、これしか思い付かなかった。

東京駅で、どこか近くのビジネスホテルを探そう。

そこで、どうしたらいいか、考える。

マドラス大統領を殺す。その決心はついていた。

涼子はボストンバッグの口を少し開け、中に手を入れた。手が、重い物に触れる。

重く冷たい金属の感触。——一郎のバッグに入っていた拳銃である。

弾丸が八発、入っていた。

これで、マドラスを殺す。——あの男が、本当に一郎を返すつもりかどうか、それは分らない。

しかし、今はそう信じて、やっつけるしかない！

ケータイが鳴った。

「——はい」

「やあ」

と言ったのは、かつて佐竹の部下だった、上田和也《かずや》だった。

「上田さん、さっきはありがとう」

「お父さんは……」

「さっき帰って来たわ」

「それなら良かった。マドラスの警護は警視庁がしっかりやるよ」

「ええ、父も分ってると思って……」

「君は？」

「あ……。私、仕事で、三日ほど旅行に出るの」

「じゃ、一郎君は？」

「お友達が預かってくれてる」

――上田和也は今三十五になったばかりだろう。

かつて、ＳＰとして佐竹の下で働いていた。しかし、ある外国の要人を守っていて刺され、現場を離れた。

涼子にとっては「頼りになるお兄さん」というところだった。

そして――上田は、涼子に好意を抱いていた。一郎ともよく遊んだりした。

「――じゃ、気を付けて」

と、上田が言った。

「ええ、ありがとう」

一瞬、何もかも上田に打ち明けてしまおうかと思った。しかし——だめだ。

私が、やるのだ。でなければ、一郎は戻って来ない！

「佐竹さん、大丈夫かい？」

「がっくり来てるけど、その内戻るわ」

上田だって刑事なんだ。マドラスを殺すのに手を貸してくれるわけがない。

上田さん……。

マドラスを殺して、一郎が戻ったら、あなたに手錠をかけてもらいたい……。

「じゃ、佐竹さんにもときどき連絡してみるよ」

「お願い。——それじゃ」

と言って切った。

切ってしまわなければ、泣いてしまいそうだったのだ。

さあ……。冷静になるのだ。

マドラスを殺す。——まずしっかり計画を立てなくては。

涼子は、わざと事務的に考えようとした。

一郎のことを考えたら、涙が出てくる。

やらなくては。——何としても。

「やらなきゃ」

と呟くと、ドライバーが、

「何か言いました？」

「いえ、ひとり言です」

涼子はあわててそう言った。


「おじいちゃん！」

まなみは、祖父、草野広吉を見ると、思い切り駆け寄って抱きつくと、ワッと泣き出した。

「おいおい、そんな勢いでぶつかられちゃ、俺が引っくり返っちまうよ」

広吉は、それでも自分も涙ぐみながら、孫娘を抱きしめて、泣くに任せていた。

警察署の廊下である。——その二人を見ていたのは、真弓だった。

そして淳一も少し離れて見守っていた。

「草野さん」

二人が少し落ち着くと、真弓は歩みよって、

「まなみさんは釈放です」

「ありがとう！」

広吉は真弓と淳一にそれぞれ頭を下げた。

「いえ、こちらこそお詫びしなくては」

と、真弓が言った。「まなみさんの手の硝煙反応とか、拳銃の引金の指紋とか、ちゃんと調べていなかったんです」

要するに現行犯逮捕と思い込んでいたのと、祖父が前科者というので、まなみを完全に犯人扱いしていたのだ。

「幸い、事件のとき、まなみさんが映ってる映像が見付かったんです。まなみさんが撃ったんでないことははっきりしました」

そう言って、真弓は深々と頭を下げた。「申し訳ありませんでした」

「いやいや……」

広吉はあわてて、「刑事さんにそんなことしていただいちゃ……」

「責任は上司にあります。お茶に思い切り塩を入れてやりますから」

まなみがそれを聞いて笑ってしまった。

「もう帰っていいわよ」

と、真弓は言った。

「どうも……。ただな、まなみ」

「なあに？」

「学校から……。お前を退学処分にすると連絡があった」

「え？」

「でも疑いは晴れたんですから」

と、真弓が言うと、淳一がやって来て、

「大方、広吉さんのことが知れたせいだろう」

と言った。

「そうなんだ。――まなみ、すまねえな。俺のせいで――」

「冗談じゃない！」

真弓がたちまちカッとなって、「ちゃんと罪を償《つぐな》った人間を差別するなんて、学校のすることじゃない！　任せて下さい。明日、校長の所へ行って、よく言い聞かせてやります」

「どうも……」

真弓の怒りように、広吉の方がびっくりしている。淳一は笑って、

「この人に任せておけば大丈夫。校長には、ちょっとした災難だがね」

まなみは微笑《ほほえ》んで、

「おじいちゃん。私、お腹空いてるの。焼肉が食べたい」

と言った。

「いいわね！」

と、真弓が言った。「釈放祝いに、みんなで焼肉を食べましょう！　請求書は課長へ回すから」

いくら何でも……。

請求書がどこへ行くかはともかく、淳一と真弓は、草野広吉とまなみと共に焼肉店に入った。

そして、何より十七歳の食欲は、アッという間に肉の皿を空《から》にしていったのである……。

「でも、私、腹が立つ」

と、まなみが言った。「関係のない私に拳銃を持たせた奴！」

「全くだ」

と、淳一は肯いて、「プロの殺し屋だとしたら、とんでもない奴だな。素人を巻き込むなんて」

「犯人捜しはやり直しよ」

と、真弓は言った。「まなみちゃんが犯人だって決めつけてたから、他を捜してない」

「大体、これは政治絡みの暗殺だろう。必ず背景に権力闘争があるはずだ」

と、淳一は言った。「その辺も調べてないのか?」

「情けないわね、全く。マスコミは、マドラス大統領を守れなかったSPを叩いてるわ」

「それは怪しいな。反マドラスの連中を支持してるのが日本の保守政権だ。おそらく、わざと的外れな報道をさせているんだろう」

「そんな……」

と、まなみは唖然として、「じゃ、あの大統領、また狙われるかも」

「その可能性はある。まあ、この人がしっかり手を打ってくれるさ」

と、淳一が真弓の方へ目をやる。

「でも、要人の保護はセクションが違うわ」

「だが、中米のN国は貧しいんだ。マドラスにみんな期待してる。もし彼が殺されたら、軍事政権が息をふき返して、国内は内戦状態になるだろう」

「そうなの?」

「ちゃんと勉強しとけよ。暗殺者の背後にいる人間を洗い出さないと、同じことのくり返しだ」

「そう……。貧しい人たちのために、捜査一課が立ち上るときなのね!」

と、真弓が高らかに言うと――。

「そうですよ！」

と、隣りのテーブルから声がかかって、淳一たちはびっくりした。

「あなた、誰？」

真弓が、パンツスーツのその若い女性を見て、ちょっと面白くなさそうに言った。

「私、こういう者です」

名刺には〈江口《えぐち》のぞみ・ジャーナリスト〉とあった。

「――一人で焼肉？」

真弓がどうでもいいようなことを訊くと、

「振られたんです」

と、江口のぞみは言った。「本当は彼氏と二人で食べるはずだったんですけど」

「そう……」

「一時間待っても来ないんで、電話したら、『君との間には何もなかったということにしてくれ』って言われて……」

「まあ。――どうして？」

「彼はK新聞の記者なんです。私がフリーで色々嗅ぎ回ってるんで、巻き添えになるのを怖がって別れるって……」

「情けない話ね」

「いいんです。慣れてるんで」

「はあ」

「新聞記者っていっても、ただのサラリーマンですもの。クビとか、遠くに飛ばされたりするのが怖いんです」

「それで君は……」

と、淳一が言った。

「お話が耳に入って」

と江口のぞみは言った。「私、マドラス大統領が撃たれたとき、近くにいたんです。マドラスが殺されたら、N国は大混乱ですよ」

「同感だな。君、調べてるのか?」

「でも、なかなか壁が高くて」

と、のぞみは言った。「あの……焼肉、一人じゃつまんないんで、そっちへ行ってもいいですか?」

「いいとも」

淳一は、何だかふしぎに元気なその女性を眺めていた。

3　潜入

「まあ！　それじゃ、あのとき取り押えられたの、あなただったの！」

と、江口のぞみは言った。「ひどいわよね。警察も！　ね、どんな扱いされたか聞かせて。どこかで記事にするわ」

やたら張り切っているが、焼肉を食べる手は休めなかった。

「おいおい」

と、淳一は苦笑して、「目の前に刑事さんがいるぜ」

「あ、うっかりしてた。ごめんなさい」

「いいのよ」

と、真弓は言った。「見当違いの子を逮捕したりして。うんと書いてちょうだい」

江口のぞみは笑って、

「珍しい刑事さん！」

と、嬉しそうに言った。

「それより、マドラスを殺そうとする動機のある人間に心当りはないか？　もちろん、バックには向うの軍部がいるだろうが、日本で殺させようとしたのは、やはりこっちで係ってる人間がいるからだろう」

「ええ、もちろんですよ」

と、のぞみは肯いて、「一番怪しいのは、防衛大臣の張本《はりもと》です」

「張本悠二《ゆうじ》といったかな」

「ええ。彼はN国の軍部と親しいんです。それに、日本から武器を輸出したくてしょうがないんですよ」

「しかし、この事件に関して、張本の名前はどこにも出ていないな」

「あ、このお肉、焼け過ぎちゃう！　――もちろんです。どこの新聞もＴＶ局も、張本大臣に嫌われたくないですから」

「情けないな、全く」

と、淳一は言って、「もしかして、君が振られたと言ってる……」

「Ｋ新聞の彼ですか？　ええ、そうです。関原《せきはら》っていうんですけど、張本大臣にくっついてる記者なんです」

まなみが、

「お肉、一皿追加していい？」

「もちろんよ！」

真弓は自分で払う気がないので、太っ腹である。

「だけど、関原が張本大臣に付いたのはこの三か月くらいで、その前からお付合していたんです」

と、のぞみは言った。「でも、ちょうどマドラスの暗殺未遂があって、私、彼にしつこく色々訊いたんですよね。そしたら、すっかりびびっちゃって」

「それでここへ来なかったの？」

「ええ。『急な取材が入って』って。私、わざと『じゃ、次はいつ会えるの？』って訊いてやったの。そしたら、『しばらく忙しそうなんだ。僕らも少し冷静になる時間があった方が』ですって」

「逃げ口上ね」

「まあ、ちょうど飽きてたところなんで、良かったわ」

「カッコいいなあ！」

と、まなみが感心して、「私も言ってみたい」

「お前はまだ早い」

と、広吉が言ったので、みんな笑った。

しかし、淳一は江口のぞみが必ずしも見た目ほど割り切ってはいないと察していた。

勢いよく焼肉を食べているのも、関原という男と別れたショックを忘れるためだろう。

「――でも、絶対、張本大臣とN国の軍部のつながりを暴いてやる！」

と、のぞみは張り切っている。

「用心するんだよ」

と、淳一は言った。「向うには人を殺すのを仕事にしている奴がいる。君があんまり知り過ぎると、危険なことにもなりかねない」

「大丈夫ですよ」

のぞみは楽天的に、「そんな簡単にやられやしませんって」

淳一は苦笑した。

「でもね」

と、かなりの量の肉を平らげて、みんなホッとひと息つくと、のぞみが言った。

「関原から聞いたの。張本大臣が今、親しくしてるホステスがいるんですって。銀座の〈P〉ってクラブの子らしいんだけど」

「なるほど」

「私、ホステスに向いてると思う？」

と、のぞみは淳一に向って、ニッコリ笑って見せた。

「そういう無謀なことはやめた方がいいぜ」

と、淳一は言った。「ホステスになるって考えもそうだが、ここで俺に笑いかけると、奥さんに射殺されるかもしれないからな」

「大丈夫よ」

と、真弓が言った。「あなたがマドラスの記事を書くまでは生かしておいてあげるわ」


「ケイコちゃん」

と、クラブのマネージャーが呼んだ。

「はい！」

と立ち上ると、

「張本様だ。頼むよ」

それを聞いて、パッと顔を輝かせると、「分りました！」

と、山崎《やまざき》ケイ子は控室から出て行った。

控室には、三人のホステスが退屈そうにしていた。

「――張本さんって、大臣でしょ？」

と、一人が言った。

「そうそう。今はすごい実力者らしいわ」

「それがどうしてあの子なの？」

と、もろにふてくされて、「あんな田舎娘のどこがいいのかしら」

「人は好き好きよ」

と、三人の中では年長のホステスが言った。

「それにしたって……。たまにゃ私に相手させてほしいわ。やっぱりこっちの方がいい、って言わせてみせる」

「そういうんじゃないみたいよ」

「なあに？　どういう意味？」

「ケイ子が言ってた。張本さん、ケイ子の手も握らないんだって」

「本当？　だって、車で一緒に……」

「でも、何でもないんですって。まんざら嘘でもなさそうよ」

「へえ！　変ってんだ、張本さんって」

負けおしみと思われそうだが、そう言うしかなかったのである。

――そして、クラブの中で、張本のそばへ行ったケイ子は、

「いつもありがとうございます」

と、まず礼を言った。「今日はまだお仕事で？」

「いや、今夜はもう仕事しない」

と、張本悠二はソファに寛《くつろ》いで、「ケイ子とゆっくり話したいからな」

「嬉しいわ」

と、ケイ子は張本のそばに座った。

「こんな年寄りの話が面白いか？」

「年寄りだなんて」

ケイ子は笑った。「全然そうは見えない」

「そうかな」

と、張本は言った。

「何にします？　ビール？」

「いや……。ちょっとママを呼んでくれ」

「はい」

ケイ子は、不安げに席を立った。

もちろん〈P〉にとって、現役の大臣は大切な客だ。

店のママはすぐに飛んで来た。

「何でしょう？」

と、息を弾ませて、「他の子にしますか？」

「いや、とんでもない！」

と、張本は即座に言った。「今夜、ケイ子をひと晩貸してくれ」

「はあ……」

張本がケイ子を連れて出ることは珍しくない。食事に付合わせることがほとんどで、いつもちゃんと店までケイ子を送って来ていた。

「あの……今夜ずっと、ということでしょうか」

「うん、そういうことだ」

「それは……」

何といっても張本の希望を拒むわけにはいかないが……。

「心配しなくてもいい」

と、張本は言った。「お前の考えてるようなことじゃないんだ。もちろん、ケイ子の気持次第だが」

「どうする？」

と、ママがケイ子の方を見る。

「私……」

ケイ子も当惑している。

「無理にとは言わない。——しかし、明日からは忙しくて、ここへ来る時間が取れないかもしれんのでな」

張本の言葉に、ケイ子は心を決めて、

「分りました。私は構いません」

と肯いた。

「ありがとう。では、時間がもったいない。すぐに出よう」

「それじゃ……。私、着替えて来ます」

ケイ子は急いでクラブの奥へと入って行った。

張本と一緒にケイ子が店を出て行くのを見送って、

「どうなるのかしらね」

と、ママは呟いた。

もちろん、ホステス仲間は、

「いよいよ、あの子も大臣に囲われるのね、きっと」

と、やっかみ半分、言い合っていた。


いつもと違わない。――ケイ子は、それでも落ちつかなかった。

よく遅い食事をとる、高層ビルの最上階。会員制のクラブで、食事ができるのだ。

「――すまんな、突然で」

と、張本が言った。

「いいえ。いつもごちそうになって……」

と、ケイ子は言った。

「ケイ子は一人暮しだったな」

「そうです。両親はもういなくて」

「今の仕事はどうだ」

「クラブですか？　まだ新米なので、何だか……」

「いや、そこがいいのさ」

「先生がいつも私を指名して下さるので、お店に置いていてくれるようなもので、ありがたいと思っています」

「俺は、ケイ子が気に入っている。それだけだ」

「私なんか、お話の相手もろくにできないのに……」

「お世辞は聞き飽きてるんだ。それに、こっちが気をつかって疲れる」

「先生がそんな――」

「なあ、その『先生』はやめてくれ」

と、張本は言った。「俺は学校の先生じゃない」

「はい。でも……」

「話があるんだ」

「何でしょう?」

「結婚してくれ」

張本のアッサリした言い方に、ケイ子は「聞き間違えた」のかと思ったが……。

「――すみません。今、何て?」

「結婚してくれ、と言った」

張本が頰を赤くして、「二度も言わせないでくれ。照れる」

「でも……」

ケイ子は、やっとびっくりして、「私と……どうしてですか?」

「質問は後にしろ。返事だけ聞かせてくれ」

張本は汗をかいていた。

――本気なんだ。ケイ子はしばし呆然としていた。

「俺はもう六十だ」

と、防衛大臣の張本は言った。「お前の父親の年齢だ。もちろん、断ってくれてもいい」

プロポーズされて呆然としていた山崎ケイ子は、

「はあ……」

と、まだ信じられない思いでいる。

「しかし、断らなくてもいい」

「はあ」

「まあ、よく考えて……」

と言われて、ケイ子は少しホッとした。

「よく……考えます」

「うん」

と、張本は肯いて、「——で、どうだ。返事は？」

「先生……。今、よく考えろ、っておっしゃったのに」

「考えただろ？」

張本のせっかちな性格は、多少の付合の中で分っていたが、まさかこれほどとは思わなかった！　ケイ子は困るのを通り越して、おかしくなって笑ってしまった。

「——何かおかしいか？」

「すみません！　だって……」

ケイ子は深呼吸して、「先生、独身なんですか？」

「十年前に女房に死なれた」

「お子さんは？」

「娘がいる。しかし、もう一人暮しをしている」

「お一人ですか？　娘さんは私のこと——」

「話してはある。しかし、結婚するとは思ってないだろう」

「反対なさいますよ、きっと」

「どうして分る？」

「だって……。普通に考えたら……」

と言いかけて、自分がプロポーズを受け入れるのを前提に話していることに気付いた。「もしも——万が一、私がOKしたとしたら、ですよ」

「お前も知ってるだろう」

と、張本は言った。「俺はせっかちだ」

「よく存じてます」

と、ケイ子は肯いた。「——召し上がるのもせっかちで……」

こんな話をしているのに、いつの間にか張本の目の前のステーキは姿を消していた。

ケイ子はまだふた切れしか食べていない。

「待っていられん！　『はい』と言え」

張本の言葉の勢いに、ケイ子はつい、

「はい」

と言ってしまった。

「そうか。ありがとう」

と、張本はニヤリと笑って、「これで安心して飯が食える」

「あの……」

「待て」

張本は、ケータイを取り出すと、何やらいじっていたが……。

「先生、どうなさったんですか?」

「うん? 俺だって、メールを送るぐらいのことはできる。前もって、送信するだけにしておいたんだ」

「何のメールですか?」

「〈張本国防大臣が再婚!〉というニュースだ。各マスコミ全部に送った」

ケイ子はただ呆然としているばかりだった……。


「まさか!」

江口のぞみは、ケータイに送られてきたメールを見て愕然《がくぜん》とした。

「どうかしたの?」

まだ焼肉レース(?)たけなわだったが、手を止めて、真弓が訊いた。

「いえ……。私を振った関原からのメールで」

「よりを戻してくれって？　そんなの、聞いちゃだめよ」

と、真弓は言った。「土下座でもしてくればともかく」

「怖いなあ」

と、まなみが言った。

「そうじゃないんです」

「じゃあ……」

「関原のケータイに、張本大臣からメールが届いたって。各社の担当記者に行ってるようです」

「なんのメールが？」

「張本大臣が、山崎ケイ子という女性と再婚する、と……。山崎ケイ子って、〈P〉のホステスです」

「へえ」

と、真弓が目を丸くして、「わざわざそんなことを知らせるの？」

「会見したりするのが面倒なんだろう」

と、淳一が言った。「これで、あんたがホステスになって潜入しても意味なくなったな」

「そうですね」

と、江口のぞみはふくれっつらで、「せっかくその気になったのに……」

ちょっと考えて、

「いいわ！　ホステスはやめて、何か別のものに化けて潜入するわ」

「狸《たぬき》じゃあるまいし。何に化けるんだ？」

「山崎ケイ子に近付いて、張本大臣のことを訊き出してやる！」

「しかし、結婚するんじゃ、当然ホステスはやめるだろうぜ」

「そうですよね」

と、のぞみは考え込んで、「張本の過去の女ってどうですか？」

4　タイミング

どこから入ればいいのか。

佐竹涼子は、マドラス大統領が入院しているＳ医大病院の見える辺りまで来て、足を止めた。

夜も遅くなっていた。当然、普通の入口からは入れない。

しかし、病院は眠ることがない。S医大病院のような大病院はなおさらだ。

堂々とした建物のあちこちの窓に明りがついていた。今、こうしている間にも、救急車などで運ばれて来た患者や、夜中に容態が急変した入院患者が、生きるために戦っているのだ。

――そんなことを考えると、ふと申し訳ない気持になる涼子だった。

私は――人を殺すために戦わなければならない。

いいえ、そうじゃない！　一郎を助けるため、一郎に「生命」を与えるために、私は人を殺すのだ。

だが、容易なことではないと分っていた。

あの大きな病院のどこにマドラスが入院しているのか。それを調べることだって、簡単ではない。

涼子はゆっくりとした足取りで、S医大病院の正面玄関へ歩いて行くと、グルッと建物をひと回りした。

裏手には救急用の出入口がある。涼子は、どこか建物の中へ入る他の入口はないか探していた。

ともかく、中へ入らないと、マドラスに近付くこともできない。

夜中に入るのは難しそうだ。

では、やはり出入りが自由にできる昼間の内に中へ入って、どこかに身を隠し、夜になるのを待つか。

病院の正面の側に曲りかけたときだった。

「止って！」

という声がした。「動かないで」

涼子はギクリとしたが、女性の声なので、

「あの——何か？」

と、さりげなく振り向いた。

「何をしてるの？」

拳銃を構えた女性が立っていた。

——真弓である。

「あの……」

「警察の者よ。こんな時間に、何をしてるの？」

涼子は焦った。まさか病院の外で見咎められるとは思わなかったのだ。

うまい言いわけを考えておかなかった！

だが、そのとき、

「涼子さんじゃないか」

という声が玄関の方から聞こえた。

「上田さん？」

父の元部下だった上田が立っていたのだ。

「どうしたんだ？」

「あの……」

「誰？」

と、真弓が言った。「名のりなさい」

「警察です。上田和也。元ＳＰで」

「身分証」

「分りました」

真弓は上田の身分証を確かめると、

「その女性は？」

「ＳＰだったときの上官の娘さんです。佐竹涼子さんといって」

「どうしてこんな時刻に、ここにいるの？」

「すみません。父は先日、マドラス大統領に付いていて、狙撃されたときもすぐそばにいたんです。今は外れているんですが、責任を感じていて……」

「佐竹さんがどうかしたのかい？」

「連絡が取れなくなったの。それで心配になって。——もしかしたら、この病院にマドラス大統領が入院しているということだったので、ここへ来てるんじゃないかと……」

「そういうことか。——今野さんですね。この人は怪しいことはありません」

と、上田は言った。

「分ったわ」

と、真弓は拳銃を下ろすと、「でも、この周辺は厳重警戒中よ。そのつもりで」

「分りました」

と、涼子は安堵しながら、「父ともう一度連絡を取ってみます」

「送って行くよ」

と、上田が言った。「僕も、マドラス大統領のことが気になってね」

「ありがとう——では」

涼子は一礼して、上田と一緒に病院から離れた。

真弓はその二人を見送っていたが——

「納得してないって顔だな」

と、声がして、いつの間にか淳一が立っていた。

「見てたの?」

「うん。あの佐竹涼子って女、どう見ても父親を捜してる風には見えなかった」

「でも、上田って刑事は本物よ」

「本物だからって、暗殺者じゃないとは限らないさ」

と、淳一は言った。「あの佐竹涼子は、少なくとも監視した方がいいと思うぜ」

「じゃ、留置所に入れとく?」

「そいつは無茶だ。尾行させるか……」

と、淳一は言いかけて、「よし、俺が尾行しよう」

「あなた、あの女に気があるんじゃないでしょうね」

と、真弓が淳一をにらむ。

「よせよ。——お前に声をかけられたときの、あの女の思い詰めたような表情が気になるんだ」

淳一はそう言うと、素早く二人の後を追って行った……。

病院を後にして、しばらく並んで歩いていた涼子と上田だったが……。

「——涼子さん」

と、足を止めて、上田は言った。「本当は何をしてたんだ?」

「上田さん……」

「君、仕事で旅行に出ると言ってたんじゃないか」

「それは……」

と、涼子は目を伏せた。

「何かわけがあったんだろ？　話してくれよ」

「でも……。言えないの。どうしても」

と、涼子は首を振った。

「そう言われたら、ますます聞かないわけにいかないよ」

と、上田は言って、「どこかで何か飲むかい？」

「上田さん……」

「僕を信用してくれ。お父さんと何か関係のあることなのか？　しかし――あの病院へ行ったってことは……」

「私……」

涼子は、まるで兄とでも話しているような思いがして、こらえ切れなくなり、ワッと泣いてしまった。

上田は涼子の腕を取って、目についたスナックへ入ると、奥の席についた。

「ごめんなさい……」

やっと涙を拭いて、「あのね……私、マドラス大統領を殺さなきゃならないの」

「何だって？」

上田が唖然とする。

「一郎が……人質に取られてる。あと二日の内にマドラスを殺さないと、一郎が殺されるの」

上田は深々と息をついて、

「そういうことか……」

と肯いた。

頼んだコーラが来ると、涼子は一気に半分ほど飲んで、

「——お願い。上田さんの立場は分ってる。でも、一郎の命がかかってるの。止めないで」

と、震える声で言った。

「涼子さん……。しかし、どうやってマドラスを？　あんなに警戒が厳しいんだぜ」

「分ってるけど……。何とかして。——でないと一郎が……」

「卑劣な奴らだな、全く！」

と、上田は憤然として、「ともかく、僕は刑事である前に君の友人だ。秘密は洩らさない」

「ありがとう……」

「佐竹さんは知ってるの?」

「いいえ。父はそんなこと知ったら、必ず警察へ通報するわ」

「そうだなあ」

と、上田は肯いた。

「私……私は殺人犯になってもいい。一郎の命を救わないと。もう決心してるの」

涼子の切実な言葉に、上田はしばらく黙っていたが、

「――分ったよ」

と言った。「立場上、君を手伝うわけにはいかないが、秘密は守る」

「ありがとう!」

涼子は息をついて、「でも……この瞬間にも、あの子がどんな思いをしてるか……。ひどい目にあわされていないか、ちゃんとご飯を食べさせてもらってるか……。そんなことを考えると苦しくて……」

「当然だな。しかし――あと二日じゃ、そいつらを見付ける時間はないな」

「ええ。言われた通りに……」

「しかし、何か武器はあるの?」

「ええ。渡されたわ。拳銃を」

「そうか。しかし、撃てるのかい?」

「分らないけど……。射撃の練習をしてる余裕はないわ」

「そうだな」

と、上田は肯いた。「だけど、君がいくら頑張っても、マドラスを暗殺するのは難しいと思うよ。あの病院に入るだけだって、容易じゃない」

「分ってるわ」

涼子は真直ぐに上田を見つめていた。

上田はしばらくまた黙り込んだが、

「――よし」

と言った。「君と一郎君のためだ。僕も力になるよ」

「上田さん……。だめよ。そんなことしたらクビでしょ」

「仕事なんかどうにかなるさ」

と、上田は微笑んだ。「僕なら、マドラスにある程度は近づける。そう、君は看護師になるといい。僕が何とかしてあの病院の看護師の制服を手に入れる」

「いいの?」

「自分のしてることは分ってる。――明日、制服を渡すよ。そして、マドラスの周辺がどうなってるか、当ってみる。そうだな……」

と、何か思い付いた様子。

「いい考えでも?」

「傷はそうひどくないんで、外交官とか大使とかが、見舞に訪れてるって話だ。見舞ってるところを取材するマスコミもあるだろう。そういうときに、何かあれば混乱する」

「隙ができるわね」

「まあ、可能性としてはね。でも、君が射殺されるかもしれない」

「承知してるわ」

と、涼子は言った。「でも、一郎が無事に戻るのを見るまでは死にたくない」

「きっと大丈夫だよ」

上田が涼子の手に自分の手を重ねる。――涼子は上田の手の暖かさを感じて涙ぐんだ……。

「じゃ、明日」

と、上田は言って、涼子の泊っているビジネスホテルの前で別れた。

「ありがとう、上田さん!」

涼子はそう言って、ビジネスホテルの中へ姿を消した。

――上田は夜の街を歩いていたが……。

バーの立ち並ぶ通りへ入って行くと、地下へ下りたところの小さいバーに入った。

「もう閉店よ」

と、中年のホステスが上田を見て言った。

「遅くなった」

上田はコートを脱ぐと、「奥に？」

「ええ」

狭苦しいカウンターの内側をすり抜けるようにして、奥の小部屋に入る。

「どうした」

見たところ、どこかの商店主といった印象の小太りな男が、小さなソファに座っていた。

「危ないところでしたよ」

と、上田は言った。「彼女が、S医大病院の辺りを歩いていて、刑事に見咎められ」

「それで？」

「大丈夫です。彼女は我が子のためなら、どんなことでもしますよ」

「うまく利用できそうか」

「看護師の制服を用意します」

「そうか。しかし――」

「もちろん、彼女はマドラスに近付けないでしょう。しかし、発砲でもすれば、病院は混乱します」

「その隙に、か」

「ええ」

と、上田は肯いた。「マドラスを仕止めたら、あの国は助かりますか」

「もちろんだ」

「しかし、再び内戦になったら……」

「いや、今あの国に必要なのは、強い権力なんだ。それだけが平和をもたらしてくれる」

「そうですね……」

「君が頼りだ。しっかりやってくれよ」

「分ってます」

と、上田は肯いて、「——あの子供は大丈夫ですか」

と訊いた。

小太りな男は、ちょっと冷ややかな目で上田を見ると、

「君が心配することじゃない」

と言った。

「分ってます。分ってますが……。あの子のことはよく知っているもので」

「私情を挟むべきではない」

「承知しています」

と、上田は肯いた。「ご心配は無用です」

「いいかね。今、マドラスは厳重な警備に守られている。普通の人間が近付くことは困難だ。しかし、君のような刑事なら、マドラスに近付くことが可能だ。君は我々にとって、貴重な人材だ」

「よく分っています」

「まあ、あまり緊張するな」

と、男は突然、表情を柔らげて、微笑んだ。

「そう思い詰めた顔をしていると、いくら刑事でも怪しまれるぞ。リラックス。――それも大切なことだ」

「はい」

上田は大きく息をついて、「大丈夫です。佐竹涼子は私を信用していますから」

「そうだ。それが肝心な点だ」

と、男は肯いて、「君はあの女に惚れているんだろう」

「いえ……。そういうわけでは……」

上田は、思いがけない言葉に目を伏せた。

「隠すことはないよ。彼女の方だって、君を好いているはずだ。でなければ、君に頼って は来ないだろう」

「はあ……。前からよく知っていますし」

「その大事な彼女の息子だ。丁重に扱っているよ。心配するな」

「ありがとうございます」

上田はホッとした様子で、「ただ……」

「何か気がかりかね?」

「あと二日という期限は、かなり厳しいと思うのですが、せめてあと数日……」

「いや、期限を切るからこそ、思い切ったことができるのだ。あと二日。——大丈夫。君ならやれる」

「——はい」

上田は立ち上ると、「では……」

「あの病院の看護師の制服だが、こちらで手配しよう」

「可能ですか」

「我々は色々な手段を持っている。明日の昼までに用意するから、この店へ取りに来たまえ」

「分りました」

上田は一礼して、小部屋を出た。

「――ご苦労さま」

ホステスが上田を送り出す。

そして――上田が出て行って、扉を閉めてロックすると、ホステスはガラリと表情も変って、奥の小部屋へ。

「帰りました」

「話は聞いてたな」

と、男が言った。

「はい」

「明日、午前中に看護師の制服を手に入れろ」

「かしこまりました」

「上田の行動に目を光らせとけよ」

「承知しています」

男は立ち上ると、小部屋の奥の壁を押した。壁がドアのように開いて、下りていく階段が現われた。

その階段を下りて、スチールのドアを開けると、駐車場だった。

正面に、黒塗りの高級車が停っている。

運転手がドアを開ける。座席にいた男が、

「問題ないか」

と言った。

「今のところ、予定通りです。長官」

と、男は言って、座席につくと、運転手へ、

「やってくれ」

と言った。

5　VIP

「〈2001年宇宙の旅〉って映画、知ってるか？」

と、ちょっと芸術家風の男が、パイプなぞ手にして言った。

「あ、私、見た！」

と、テーブルを囲んでコーヒーを飲んでいた若い女の子三人の内の一人が嬉しそう

に声を上げた。「猿が骨を投げると、それが宇宙船になって、コンピューターが人間を殺そうとするのよね」

「何よ、それ?」

と、他の女の子が首をかしげる。

「まあ間違いじゃないがね」

と、パイプを手にした男は言って、「じゃ、その人間を殺そうとするコンピューターの名前、憶《おぼ》えてるか?」

「もちろん!　〈HAL〉(ハル)でしょ」

「よく憶えてたな」

「へへ……。うちのおばあちゃん、『はる』っていうの。それで、『あ、おんなじ名前だ』って思ってね」

「なるほど。それじゃ、どうしてあのコンピューターが〈HAL〉って名付けられたか知ってるかい?」

女の子は「ウーン……」と考えて、

「春にできたから?」

「それじゃ日本語じゃないの」

と、他の子が言った。

「メイド・イン・ジャパンだったんじゃない？」

「残念ながらそうじゃない」

と、男は笑って、「〈HAL〉を一文字ずつ、アルファベットの次の文字に置き換えてごらん」

「次の文字？」

「そう。〈H〉の次は？」

「〈I〉かな」

「そうそう。じゃ、〈A〉は？」

「〈B〉。〈L〉の次？　何だっけ？　ええと、ABCD……」

と、初めから思い出して、「LMN……。〈M〉だ」

「そう。すると〈HAL〉は――〈IBM〉になる」

「ああ！　コンピューターの会社だ！」

へえ！　――にぎやかに声を上げて、感心している。

ホテルのラウンジでコーヒーを飲んでいた淳一は、隣のテーブルでの「映画談義」を聞くともなく聞いていた。

若い女の子たちが〈2001年宇宙の旅〉という映画の存在を知っていただけでも感心すべきだろう。しかし、〈HAL〉の名前の由来は、ちょっと年配の映画ファンなら誰でも知っている。

しかし、パイプを手にした中年男は、女の子たちが感心してくれているのに、いたく満足な様子で、

「さ、何かケーキでもどう？　ホットケーキとか、好きなもの、おごるよ」

と言って、またひとしきり女の子たちに歓声を上げさせている。

そのとき——ラウンジから見えるホテルのロビーに、ワッと大勢の男たちが入って来た。いや、マイクを手にした女性もいる。

玄関を入って来たのは、防衛大臣の張本だった。そして、そのかげに隠れるようにして、うつむき加減でついて来ているのが、おそらく張本の再婚相手だろう。

「大臣、おめでとうございます！」

「今の心境をひと言！」

「奥様、カメラの方へ笑って見せて下さい！」

ゾロゾロとついて歩きながら大騒ぎだ。

「最上階で会見をやる！　そこで何でも訊いてくれ！」

と、張本のよく通る声がした。

会見か……。それだけのためにこのホテルへ来たのではないだろう。

淳一は、ロビーに残った張本の秘書の男が、ホテルのフロントに行って、真剣に話

し込んでいるのに気付いた。

再婚をめぐる会見が済めば、記者やリポーターたちは、みんな急いで戻って行くだろう。

その後で、何か本当の用事があるのではないか……。

ラウンジを出ると、淳一も会見を覗いてみようかとエレベーターの方へ、ロビーを横切って行った。

ロビーの正面に、〈本日の会合〉のパネルがあって、色々な会合名と、部屋の名が書かれている。〈ロータリークラブ〉〈ライオンズクラブ〉から、〈××先生喜寿の会〉まで、色々である。

〈WJQ〉の会、というのがあった。——何の略だ？

淳一は、会見を覗くべく、エレベーターで最上階へ向ったが……。

「うん？」

さっきの〈IBM〉の話を思い出した。

〈WJQ〉か。〈XKR〉？　意味ないな。

「——そうか」

前にひと文字動かすと——〈VIP〉になる。

VIPの会合？

「面白そうだ……」

と、淳一は呟いた。


「あの……私、何が何だか……今でも夢を見てるみたいで……」

ひっきりなしに、山崎ケイ子はハンカチで汗を拭《ぬぐ》っていた。

記者会見の席は、まるで芸能人の婚約発表のようだった。

「大臣のどんなところにひかれたんですか?」

とか、

「年齢の差は気になりませんでしたか?」

あたりはともかく、

「妊娠してますか?」

と、面と向って訊いている。

会見の様子を、会場の隅で見ていた淳一はいささか呆《あき》れていた。

張本が記者の質問や取材にめったに応じないのは有名だ。

こんな機会に、大臣としての張本に質問しようという記者やリポーターはいないのだろうか?

「まあ、それぐらいにしといてくれ」

と、張本が口を挟むと、みんなさっさとカメラを片付け始める。

そのとき、

「大臣！」

と、女性の声がした。「一つ質問させて下さい！」

張本がいぶかしげに声の方を見ると、

「マドラス大統領が狙撃されたとき、防衛次官がすぐ近くの車の中にいたという情報があります。事実ですか？」

淳一には、それがあの「焼肉」のジャーナリスト、江口のぞみだと分った。

会場は、一種しらけた空気になった。――張本は、

「そんなことは知らん！」

と、不愉快そうに立ち上ると、「会見は終りだ！」

「ですが、車に乗っている次官の映像があります！」

と、江口のぞみが声を張り上げたが、とたんに会場が騒然として、何も聞こえなくなってしまった。

張本は山崎ケイ子を連れて、脇のドアから出て行く。

江口のぞみは追いかけようとしたが、それを遮ったのは、ＳＰやガードマンではなく、記者たちだった。

「どうして邪魔するの！」

と、のぞみが食ってかかると、

「せっかく和やかな会見だったのに、何てことするんだ！」

「そうだ！　失礼だろう！」

「大体どこの記者だ！」

と、のぞみを取り囲んで、口々に怒鳴っている。

淳一はそこへ歩み寄ると、固まっている記者たちを左右へ押しのけ、

「君たち、知らないのか」

と言った。「この人は世界的に有名なジャーナリストだぞ。その取材を妨害したら、君らの名前がネットで世界へ流れる」

そう言って、淳一はのぞみの腕を取って、会場から連れ出した。

「――今野さん」

「大丈夫か？　大胆だったね」

「ありがとう。でも……ショックだわ。何でもない質問一つ、できないなんて」

と、のぞみは涙を拭った。

悔し涙だろう。淳一はハンカチを渡した。

「ありがとう……」

のぞみは涙を拭いて、「洗って返します」

と言った。

「いいさ。しかし、用心しろよ。向うは何をするか分らない連中だ」

「大丈夫です」

と、のぞみは微笑んで、「こんなことぐらいでへこんでたら、ジャーナリストなんてやってられません」

そう言うと、

「まだ大臣を捕まえられるかもしれない！」

と、勢いよく駆け出して行った。

「やれやれ……」

じきに会場は空になり、淳一はロビーのソファのかげに身を潜めて、張本たちの出て来るのを待った。

「——先に帰っていてくれ」

という張本の声がした。

「でも先生は——」

「おい、亭主に向って『先生』はやめてくれ」

と、張本が笑った。

「でも……『あなた』なんて呼べません」

「その内でいい。俺は少し用がある。マンションの方へ帰っていてくれ」

「分りました」

ケイ子がエレベーターに姿を消すと、

「お待たせして」

と、張本が言った。「いつもの部屋でよろしいですか?」

「はい。ご案内します」

どうやら〈VIP〉の秘書らしい。

有能そうなスーツ姿の女性が先に立っていく。〈VIP〉の会合はこの同じフロアなのか。

チーンと音がして、エレベーターが上って来た。淳一は素早く姿を隠した。

地下の駐車場から直通でこのフロアへ上って来るエレベーターだ。

扉が開くと、ボディガードらしい、がっしりした体格の男が二人、先に降りて来て周囲へ目をやる。

そして肯いて見せると、男が三人、降りて来た。

淳一はケータイでこっそり写真を撮った。

男たちが奥へ行ってしまうと、淳一は撮った写真を拡大して、三人の顔を確かめた。

「誰なの、これ？」

と、真弓が難しい顔で言った。

淳一はため息をついて、

「いいか、泥棒だってちゃんと勉強してるんだ。刑事も努力しろ」

「失礼ね。私だって、二枚目のスターならすぐ分るわ」

ホテルのラウンジで、二人はコーヒーを飲んでいた。

淳一が、撮った写真を江口のぞみに見せてやろうと思って待っているのだ。

「このずんぐりした太ったのは、岩国透《いわくにとおる》。〈M商事〉の会長だ」

「血糖値が高そうね」

「背の高い、白髪のは、鈴村和茂《すずむらかずしげ》。〈K製作所〉の社長だ」

「老けてるわね。いくつ？」

「そろそろ七十だろう。——残る一人は、太田望《おおたのぞむ》といって、〈T海運〉の会長だ」

「やたら〈長〉の付くのが集まってるのね」

「しかし、ちゃんと理屈に合ってる」

「というと？」

「〈K製作所〉は、トラクターやクレーン車を作っているが、今、最新式の戦車を開発してる」

「へえ」

「それを海外へ売りつけるのが〈M商事〉の仕事。そして〈T海運〉の船が戦車を運ぶ」

「あ、なるほどね」

「戦車だけじゃあるまい。〈K製作所〉と手を結んで、戦車に搭載する銃砲のメーカーは、別に機関銃も作っている」

「ギャングが喜びそうね」

「この三人に、防衛大臣の張本が揃う。――どんな〈VIP〉会議か明らかだな」

「武器輸出ね」

と、真弓は言った。「いつか、自分が売った銃で、撃たれて死ぬわよ」

「そんなこともあるだろうな」

と、淳一は肯いて、「――何をしてるんだろうな」

江口のぞみが、なかなかロビーへ下りて来ないのだ。

「昼寝してんじゃない？」

「まさか」

そのとき、ロビーの奥で悲鳴が上った。

「どうしたのかしら？」

「ただごとじゃなさそうだ」

淳一が腰を浮かす。

「ゴキブリでも出たのかしら」

しかし、そうではなかった。エレベーターの方からロビーへ駆け出して来た中年女性が、

「エレベーターで——女の人が血だらけに……」

と、震える声で言うと、ペタッと座り込んでしまう。

「行きましょ！」

真弓もさすがにラウンジから飛び出した。もちろん淳一もすぐに続く。

エレベーターの扉が、閉じかけては開いていた。女性の体が半分エレベーターの外に出ているのだ。

「まあ……」

真弓は目をみはった。「この人……」

淳一は駆け寄って、江口のぞみの手首を取った。

「まだかすかに脈がある！　救急車を呼べ！」

と、淳一は言って、のぞみの体をエレベーターの外へ引張り出した。

「——呼んだわ」

真弓はそう言うと、「どうしたのかしら」

「刺されてる」

淳一は、出血している背中の傷に、脱いだ上着を押し当て、「こいつは……」

江口のぞみは、あのフロアで、張本の姿を捜していた。

張本は当然、〈VIP〉会議に出席していたはずだ。

淳一は、あのときエレベーターから先に現われたボディガードらしい男たちを思い出した。

おそらく、〈VIP〉会議の様子を探ろうとしていたのぞみを、背後から刺したのだろう。

「たぶん現場は最上階だ」

と、淳一は言った。「片付けさせるな。現場を保存するんだ」

「分ったわ」

おそらく、当のVIPたちは姿を消しているだろう。

のぞみが身動きした。

「ここ……どこ?」

と、弱々しい声で言う。

「動くな。刺されたんだ。すぐ救急車が来る」

「あ……。今野さん……。上で、大臣と……」

「分ってる。口をきくな」

ホテルのロビーを救急隊員が担架を抱えて走って来た。

――淳一は、救急車が走り去るのを見送ると、

「可哀そうに……」

と呟いた。

ジャーナリストとして、張り切っていたが、やり過ぎたのだ。

ケータイに真弓からかかって来た。

「最上階で血痕を見付けたわ。危いところだった。『すぐ掃除しろ』って、女の人に言いつけられたそうよ」

「女の人?」

「ええ。でも、今にも血を洗い流そうとしてるのを、何とか止めたの。間に合って良かったわ」

――淳一はハッとした。

さっき、「エレベーターで女の人が血を流してる」と、ロビーへ駆け出して来た女。

――あれは、最上階で張本を案内していた女だ!

もしかすると、あの女が江口のぞみを刺したのかもしれない。

ロビーを見渡したが、むろん女の姿はなかった。

淳一は真弓に連絡して、このロビーの監視カメラの映像を手に入れるように言った。消去される前に、あの女の映像を証拠として押えるのだ。

「——VIPか」

人一人の命を何とも思わない奴など、少しも「重要人物」ではない。

——しばらくして、真弓がロビーへ下りて来た。

「今、上は鑑識《かんしき》が」

と、真弓は言った。「カメラの映像は押えたわ。ホテルの方は不服そうだった」

「すぐ消すように言われてたんだろう。データをコピーしておけよ」

「ええ。私のパソコンに送ったわ」

「よし。それと、江口のぞみだ。病院を警戒させた方がいい。死んだと思わせられればそれが一番いいけどな」

「道田《みちだ》君を病院へやるわ」

そして、淳一はふと思い出した。

張本は、再婚の発表をするためにここへ来たのだった。再婚相手の女——山崎ケイ子といったか。

あの女が役に立つかもしれない……。

6　二人の入院患者

「あの男……」

と、淳一は言った。

「え？」

真弓が道田への指示を出して、ケータイをしまうと、「いい男がいた？」

「そうじゃない。今ロビーに入って来た男だ」

事件を聞きつけて、TV局や新聞記者がホテルへ次々にやって来ていた。

ホテルの方はいい顔をしないが、こと殺人未遂事件とあっては、取材を断るわけにもいかない。

その男も、見たところ、どこかの記者という印象だった。しかし、カメラマンも連れていないし、青ざめて、表情はこわばっている。

「もしかすると……」

淳一はその男に近寄って、

「ちょっと」

と、声をかけた。「君はもしかして関原君か？」

男はギクリとした様子で、

「そうですが……」

「K新聞の関原君ね？」

と、真弓は身分証を見せて、「私、刺される前に、江口のぞみさんと親しく話をしたのよ」

「のぞみちゃんと？　本当ですか！　あの——のぞみちゃんは大丈夫ですか？」

「のぞみさんはあなたに捨てられて泣いてたわよ。そして、こうなったら命がけでスクープを狙って、あなたの役に立とうとしたの。そして、可哀そうにナイフが彼女を——」

「のぞみちゃんが……。そんなことを……」

関原は肩を落として「のぞみちゃんが張本大臣のことを調べると言うものですから、つい、『僕の仕事の邪魔をしないでくれ！』って言っちゃったんです」

「まあ、過ぎてしまったことは仕方ない」

と、淳一が言った。「君、どうして張本大臣の会見に出なかったんだ？」

「急な取材が入って。他の記者に頼んだんです。——それじゃ、のぞみちゃんは……」

「会見の後、大臣の動きを調べていて刺されたんだ」

「何てことだ！」

「ともかく病院へ行ってみたまえ」

と、淳一は言って、「——どこの病院だ？」

「待って。さっき道田君からメールが……」

と、真弓はケータイを見ると、「S医大病院ですって」

「おい、そこは、マドラス大統領が入院してる所だろう」

「あ、そうだった？」

「僕、駆けつけます！」

と、関原が駆け出して行った。

「道田君からまたメールが入ってる。——江口のぞみは、何とか命は取りとめる見込み、ですって」

「それなら良かった」

と、淳一はホッとして、「上着一着だめにしたかいがあったな」

のぞみの出血を止めようと傷口に当てていたのだ。

「じゃ、新しい上着を買いに行く？」

と、真弓が訊いた。「ブランドは何がいい？」


「何かご用かね？」

白髪の紳士という外見の、〈K製作所〉社長、鈴村和茂は、冷ややかな目で、真弓を眺めた。

「ジャーナリスト、江口のぞみさんが殺された事件を捜査しています」

と、真弓は言った。

「知らん人だね」

と、鈴村は首をかしげて、「私は忙しい。つまらない用事で時間を取られたくないんだが」

「人一人、死んでいるのです。つまらない用事ではありません」

こういう相手には、闘志を燃やす真弓であるが、あくまでクールに、「あなたの秘書、松永百合《まつながゆり》さんに伺いたいことがあるんです」

「それは聞いたが、松永君は今、休みを取っていてね」

「そうですか」

「松永君にどんな用が？」

「殺人現場に、松永さんが居合わせた可能性がありまして」

鈴村はちょっと顔をしかめて、

「何か証拠があるのかね？　いい加減なことを言われては――」

「これを」

と、真弓は自分のスマホを取り出して、「事件の直後、ホテルから出て行く女性の映像です。顔もはっきり分ります。松永百合さんですね」

「まあ、似てはいるが……」

「現場の血だまりに、靴の跡が。靴底に血が付いて、それでロビーを横切っています。この女性のものに間違いありません」

と、真弓は淡々と言った。「松永さんはどちらに？」

「さあ……。休暇中はプライベートなことだ。どこにいるかまでは知らん」

「いつお戻りに？」

「確か……二、三日で戻ると」

「そうですか。――では、戻られたら、私に連絡を」

鈴村はちょっと息をついて、

「そうしよう」

と言った。

「では」

真弓は、社長室を出て行った。

少しして、鈴村のデスクのインタホンから、

「刑事は帰りました」

と、声がした。

「分った」

鈴村は答えて、「――百合」

と呼んだ。

社長室の奥、戸棚のかげになって目につかないドアが開いて、スーツ姿の女性が入って来た。

「――社長」

「まずかったな」

と、鈴村は言った。

「申し訳ありません」

と、松永百合は目を伏せて、「最上階の血痕も、ロビーのカメラの映像も、すぐ処置するよう言ってあったのですが、あの女刑事が素早く押えてしまって……」

「運が悪かったな」

「でも、私の言い方が――。もっと早く手を打つようにしておけば……」

「仕方ない。相手は警察だ。――その靴はどうした?」

「もちろん、焼却しました。あのとき着ていたスーツも」

「しかし、顔は変えられん。あの映像ははっきりしていた」

「はい……」

「あの刑事は当然お前の住いも突き止めているだろう。このまましばらく姿を消せ」

「分りました」

「お前は一人暮しだったな」

「そうです」

鈴村は引出しを開けると分厚い封筒を取り出して、

「百万入ってる。これでしばらくどこか田舎の方にでも身を隠せ」

「はい……」

「たぶん、あの刑事はお前のことを張っているだろう。目立つ所は避けて、見付かるなよ」

「はい、決して……」

「ケータイは置いて行け。居場所を特定される」

松永百合はポケットからケータイを取り出して、鈴村のデスクに置いた。

「地下の駐車場も見張られているだろう。どこか――」

「大丈夫です。後は自分が考えます」

「そうか。では、もう行け」

「失礼します」

松永百合は一礼して、元のドアから出て行った。

「やれやれ……」

と、鈴村は呟いた。

優秀な秘書だったが、仕方ない。

鈴村は自分のケータイを取り出した。

「――ああ、今、百合は出て行った。ちゃんと尾行しろよ」

と言った。「――うん、ともかく警察に見付かってしゃべられては、すべてのプランが水の泡だ。おそらく、どこか田舎へ行くだろう。新しく開発した狙撃用のライフルがあったな？　その性能を試す機会だ」

鈴村は穏やかにそう言って、通話を切った……。

〈Rクリーニング〉の文字の入ったライトバンが、ビルの地下から、ゆっくりと出て行った。

一つのオフィスビルといっても、超高層、五十階近くにもなると、そのトイレのタオルや手拭い、ナプキンなど、大変な量になる。

ライトバンはビルを後にして、しばらく走ると、公園の前、車の量が少なくなった辺りで停った。

ライトバンの後ろの扉が開いて、松永百合が降りて来た。

「どうもありがとう」

と、運転席へ声をかける。

「どういたしまして」

と、ドライバーはニヤリと笑って、「いつもお世話になってますからね」

「それじゃ。――誰にも言わないでね」

「承知してます。では」

ライトバンが走り去るのを見送って、百合は息をついた。

タオルの山の中に埋れているのも楽じゃないわね……。

スーツにくっついた糸くずを払い、髪をちょっと直して、

「さあ……。どこへ行こうかしら」

と呟く。

ポケットには、百万円の入った封筒がある。――しかし、どこかへ姿を隠して生活

するとなれば、百万円ぐらいすぐに消えてしまうだろう。

ともかく、このスーツ姿では……。

まず、着替える服を買って、取りあえず必要なものを……。

「くよくよしてても始まらないわ」

自分に向ってそう言うと、足早に駅前のアーケードへと歩き出した。

——少し離れた所に停っていた小型車が、ゆっくりと、百合を尾《つ》けて動き出していた……。


二時間後、松永百合はジャケットにジーンズ、髪も美容院で短くカットして、見たところ十歳も若返って地下街の通路を歩いていた。

小さなボストンバッグには、着替えや、最低限の化粧品などが入っている。

メイクも変えて、監視カメラに写っても、まず見破られない自信があった。

そろそろ夜になる。——ターミナル駅で、列車のチケットを買うと、一時間ほどの間に駅の地下街へ入って夕食をとることにした。

「——ここでいいわ」

簡単に、手早く食べられる定食屋へ入る。奥の席が空いていたので、腰をおろして息をついた。

先のことは、列車に乗ってから考えよう、と思った。

どこか、小さな駅で降りて旅館に泊るか、逆に大きな都会で姿をくらますか……。

「お待ち遠さま」
五、六分で出てくる。先に食券を買ったので、食べればすぐ出られる。
百合は、テーブルの割りばしを取って、パキッと割ると、食べ始めた。――焼魚定食で味も悪くない。

ミソ汁を飲み、手早く半分ほど食べたところで、その紙片に気付いた。二つに折った紙が、つけものの皿の下にあった。

これ……何かしら？

手に取って開くと、百合はサッと青ざめた。

〈警告しておくよ。あなたは殺される。雇い主のSにね。現金をもらっただろうが、その封筒には、あなたの居場所を発信するチップが仕込んである。殺される前に、自首して出ることだ〉

百合は左右を見回した。――ごく当り前のサラリーマンや主婦たち。

しかし、これは……。百合は、ゆっくりとそのメモを握りつぶした。

一体誰が……。

百合は店の中を、もう一度ゆっくり見渡したが、考えてみれば、こんなことのできる人間が、いつまでも店の中にはいないだろう。

ともかく、気持を落ちつかせようと、定食をきれいに食べ終えて、お茶を注いでもらった。

薄く色がついているだけのお茶を飲みながら、百合は現金の入った封筒を、そっと探った。バッグの口を開けたまま、中で札を取り出してバッグのポケットへ入れ、空になった封筒を取り出す。

じっくりと見て行くと、封筒の底の折り返した部分に、かすかに何かの感触があった。

店の明りに透かして見ると、数ミリ四方の四角い影が浮んだ。

本当のことだったのだ。――百合に、勝手に姿を消すように言っておいて、行方をつかもうとしている。

それは、百合を殺すためなのか？

百合は、信じたくはなかったが、おそらくあのメモは事実だろうと思った。〈S〉とあるのは、百合の雇い主が鈴村であることを知っているのだ。

そして、仕事で長く共に行動して来た鈴村のことを、百合はよく分っていた。確かに、百合がもし逮捕されたら、鈴村も〈K製作所〉も危機に陥る。

そのとき、鈴村は百合の命など、何とも思うまい。百合は鈴村が直接手を下さなくても、「人を消す」指示を出しているところに、何度も居合せた。

百合が自首したり、自白することは、何としても阻《はば》もうとするだろう……。

百合は、どんなことをしても逃げるつもりだった。もし逮捕されそうになったら、自分で命を絶つことも覚悟していた。

しかし——百合を消そうとするとは！　お茶を飲みながら、百合の中に、怒りが湧き上って来た。


「まあ……」

TVをぼんやりと眺めていたケイ子は、見覚えのある場所の映像に気付いた。

ここ……記者会見をした所じゃないかしら？

TVの音量を上げてみると、

「——このフロアでは、事件の少し前、張本防衛大臣の結婚発表の記者会見が開かれていました」

というアナウンス。

「やっぱり……」

あのフロアで、ケイ子は、張本から「先に帰れ」と言われて別れたのだった。

「亡くなった江口のぞみさんは、張本大臣の記者会見に出た後、このフロアに残っていて刺されたものとみられます」

亡くなった？　刺された？

ケイ子は目を見開いた。――TV画面に出た女性の写真を見て、その顔に見覚えがあったのだ。

「あの人だわ……」

会見で、最後に、あの暗殺されそうになった何とかいう大統領のことを訊いて、張本が不愉快そうに答えを拒んだ。――あのときの女性だ。

ニュースで、江口のぞみというあの女性が、大手の新聞やTV局の人間ではなく、フリーのジャーナリストだったと知った。

あの後、あのフロアで刺されて、病院へ運ばれたが、出血多量で死亡した……。

「気の毒に……」

と、ケイ子は呟いたが、もちろん、事件があのフロアで起ったのは、たまたまで、張本とは何も関係ない。

そう……。そうに決っている。

別のニュースになっても、TVを見つめていたケイ子は、インタホンのチャイムが鳴る音で、びっくりして飛び上りそうになった。

誰だろう？

「――どなたですか？」

モニター画面に、スーツ姿の女性が映っている。張本の用事だろうか。

「警視庁捜査一課の今野といいます」

と、身分証をカメラに向けて、「お話を伺いたいのですが」

「はあ……。でも、私は……」

「張本大臣の奥様でいらっしゃいますね」

そう言われると、違いますとも言えず、

「さようでございますが……」

「お手間は取らせません」

相手が警察と言われては、拒むわけにもいかず、ケイ子はオートロックを開けるボタンを押した。


「新婚早々のところへお邪魔して、申し訳ありません」

「いえ……。それでお話というのは……」

と、真弓は言った。

「この女性をご存じですか？」

真弓の取り出した写真を見て、ケイ子はハッとした。

「ご存じのようですね」

「ついさっきＴＶで……」

「記者会見に出席していたことは？」

「ええ……。憶えています」

「江口のぞみさんは、マドラス大統領が殺されそうになった件を調べていました」

と、真弓は言った。「あの記者会見の後、あなたと大臣はどうされました？」

「どう……といって……。帰りました。このマンションに」

「大臣もご一緒でしたか？」

少し身をのり出す真弓を見て、ケイ子は不安になったらしい。

「――はい、一緒でした」

つい、嘘をついてしまった。

真弓には、それが嘘だと分っている。うまく行った！

一つ嘘をつくと、それを隠すため、二つの嘘をつく必要ができる。そしてさらに……。

「そうでしたか」

と、真弓は残念そうに、「てっきり、大臣と江口さんが会っていたと思い込んでいたのですが」

「先生は、その江口という人を……」

「知っておいでのはずです。これまでも、あの記者会見のような席で、色々食らいついていたのですから」

「そうですか……。お気の毒です」

「ええ、本当に。では、この女性は？」

真弓が取り出したのは、監視カメラのロビーの映像だった。松永百合だ。

「ああ……。この方は知らないと思いますが」

と、ケイ子は首を振って、「あの……先生がこの事件に何か係っているとおっしゃるんですか？」

「いえ、とんでもない！」

と、真弓は大げさに、「大臣がそんなことに係っておいでのはずがありません」

「そうですよね」

「でも、あのとき、あのフロアで何かをご覧になっているのではないかと……」

「何か、といいますと？」

「江口のぞみが、なぜあのフロアに残っていたのか。そこなんです。それには、きっと何かわけが……」

と言って、「申し訳ありません。つい色々と……。では、失礼します」

「はあ……。ご苦労さまです」

と、ケイ子は言った。

そして、真弓を玄関で見送ると、居間へ戻った。

ケータイが鳴った。張本からだ。

「──もしもし」

「何してる？」

と、張本は上機嫌で、「晩飯の約束をキャンセルした。二人で何か食べよう」

「ええ……。でも……」

「車を迎えにやる。十五分で支度しとけ。行先は分ってる」

「はい。あの……先生」

「おい、いい加減、『あなた』とか言ってくれよ」

「あなた……。言いにくいわ」

「で、何だ？」

「今しがた、刑事さんが見えて」

と、ケイ子は言った。

「何だと？」

「あの記者会見のとき、質問していた女の人が殺されたでしょう。そのことで──」

「けしからん！」

と、張本は腹を立てて、「何という奴だ？」

「刑事さん？　今野真弓さんという……」

「よし。二度と失礼な真似をせんようにしてやる。忘れろ」

「でも……」

「じゃ、十五分だぞ」

——ケイ子は、張本の口調で、大体何を考えているか分っていた。

それくらい、「分りやすい」男なのだ。

ケイ子は、張本があの女性の死と係っているのだと直感した。

でなければ、刑事がどんな話をして行ったかも聞かずに、腹を立てるはずがない。

「先生……」

ただのホステスだったら良かったのに……。

今、張本の妻になったら、忘れてしまうわけにはいかないのだ。

「——十五分」

遅れたら、またせっかちな張本が怒るだろう。

ケイ子はあわてて寝室のクローゼットへと駆けて行った。

7　抹殺

「ありがとう！」

と、佐竹涼子は、看護師の制服を広げて言った。

「いや……。礼を言われてもね」

と、上田は困ったように、「君……本当にやるつもりなのか？」

「もちろんよ」

と、涼子はためらわずに答えた。「一郎のためだわ」

上田が、マドラス大統領の入院しているS医大病院の看護師の制服を手に入れて来たのである。

「ちゃんと、病院の名前も入ってるのね」

「ああ。本物を持ち出したんだ」

「上田さん……。悪いわね。刑事さんに、そんなことさせてしまって」

「いや、そんなことはいいんだ。しかし……」

「もう忘れて。私も、万一逮捕されても、決してあなたのことは口にしない」

ビジネスホテルの一室。

涼子は時計を見て、

「もう少し遅い時刻の方がいいかしら？　でも、人がいなくなると、却って目立つわね」

「そうだね。患者がいるときの方がいいだろう」

「じゃ、もう出るわ」

涼子はバッグに看護師の制服を押し込んだ。

「涼子君――」

「私、もしもうまくマドラスを殺しても、きっと射殺されるわね」

「ねえ……」

「もう生きて会うことはないでしょうけど。ありがとう」

そのまま、すぐに部屋を出ようとすると、

「だめだ！」

と、上田が叱りつけるように言った。

涼子が振り向く。

「死んじゃだめだ」

と、上田は言った。「一郎君を誰が見るんだ？　何がなんでも、死んじゃいけない」

「上田さん……」

上田は息をついて、

「いや……ごめん。君のことが心配で、つい……」

と言った。「しかし、一郎君のことが大事なら、死なないことだよ」

「ありがとう……」

涼子は声を詰らせて、「死なないわ。生きて、一郎をこの腕に抱く」

「そうとも。そうするんだ」

「じゃあ……」

「気を付けて」

――涼子はビジネスホテルを出て、S医大病院へと向った。

――気を付けて、って言われても。これから人を殺しに行こうっていうのに。

しかし、上田の熱い言葉が、涼子の胸を揺さぶっていた。嬉しかった。

でも――マドラスを殺さなければ、一郎が取り戻せない。しかし、大勢のSPに守られているマドラスを、果して殺せるだろうか？

どう考えても、命を捨てる覚悟でなければ、目的は達せられないだろう。

あれこれ考えていても、仕方ない。その場になってみなければ、どんなことになるか分らないのだ……。

病院に着いたときは、もうすっかり暗くなっていたが、会計の辺りには、まだ支払いの順番を待っている人が何人もいた。

廊下をあわただしく看護師が行き来する。

涼子は化粧室を見付けて、中に入った。

上田からもらったこの病院の看護師の制服に着替える。もちろん、ナースキャップも。

洗面台の鏡で見ると、一応不自然でない程度になっている。

拳銃を入れたバッグを、軽く小脇に挟んで、廊下へ出る。

〈特別病棟〉という矢印。――あれを辿って行けばいいのだ。

涼子は、いかにもここで働いているという風に、迷わず足早に歩いて行った。――エスカレーターを上る。

マドラスのいる病棟へは、連絡通路でつながっているようだった。

そうなると、当然その連絡通路で出入りのチェックがあるだろう。何とかしてそこを通り抜けなければならない。

「――あれだわ」

と、涼子は呟いた。

案の定、通路の奥に、ＳＰらしいスーツ姿の男が二人、立っていた。他に向うの病棟へ行く通路はないだろう。

どうやってあそこを通り抜けようか？

ほとんど、「必ずマドラスを殺す」という決意だけでやって来てしまった涼子は、計画らしいものを立てていなかった。

このまま、足を止めずに通路を渡れば、本物の看護師と思って、通してくれるだろうか。

もし疑われて、バッグの中を調べられたら……。

涼子は左右へ目をやった。

このバッグはまずい。――涼子は、人目がないのを確かめると、バッグから拳銃を取り出し、ポケットに入れた。重いし、不自然に見えてしまうが、仕方ない。

バッグを廊下の椅子のかげに置くと、心を決めて、連絡通路へと向う。

所在なげにしていた二人のＳＰが、涼子を見て、行手を遮るように立った。――通れるかどうか、一か八かだ。

そのとき、

「ご苦労だな」

と、声がして、ＳＰの向うからやって来た男がいる。

涼子は息を呑んだ。――父だった！

父、佐竹安次がSPたちに声をかけたのである。どうしてここに？

涼子は半ば顔を伏せた。足を止めずに歩いて行く。

SPが振り向いて、

「佐竹さん、まだいたんですか」

「もう帰るよ。別に、お前たちを信用してないわけじゃない」

「大丈夫ですから。帰って休んでくださいよ」

SPは困っているのを隠そうとしない。

涼子にも分った。――父は、マドラスが撃たれたことに責任を感じて、やって来たのだ。もちろん、今は警備の担当から外れているから、勝手に来てしまったのだろう。

SPたちも、先輩の佐竹を追い帰すわけにいかないのだ。

「うん、これだけ用心してれば大丈夫だろうな」

涼子は、通路を渡り切って、

「ご苦労さまです」

と、SPたちに会釈した。

佐竹は涼子のことに気付かなかった。

佐竹の相手をしていたSPたちは、涼子が通り抜けるのを止めなかった。

やった！　――涼子は特別病棟へ入り込んだのだ。

しかし、この先も、厳重な警備を行っていると思わなくてはならない。

廊下に、明らかにSPと見える男が少なくとも四人は見える。

――マドラスはどこの病室だろう？

涼子は平静を装って、廊下を歩いて行った。

もちろん、マドラスの病室は特に警戒しているはずだ。

さりげなく、左右の病室のドアに目をやりながら、涼子は少しずつ足取りを緩めて行った……。

奥まった一画に、SPが数人、固まっていた。――あそこだ！

「異常ないか」

「ありません」

というやりとりが聞こえてくる。

間違いない。あの病室に、マドラス大統領がいるのだ。

涼子は途中の休憩用のスペースに入った。特別病棟だけあって、ソファがあり、雑誌や新聞が置かれている。

今は誰もいなかった。――廊下の奥のSPたちからは、うまく隠れていて見えない。

ここで何か起れば、注意を引きつけることができる。しかし、どうすれば？

涼子は、ソファの傍のテーブルの上の花びんに目をとめた。さすがに、ちゃんと生花がいけてある。

これを使って……。うまく行くだろうか？

でも、もう迷ってはいられないのだ。

「一郎……。あなたのためよ」

と呟くと、涼子は両手で花びんを持ち上げると、大きく息を吸い込んで、

「キャーッ！」

と、思い切り叫び声を上げ、花びんを床へ叩きつけた。

花びんが粉々に砕けて、水が飛び散る。

涼子は廊下へ飛び出した。

「どうした！」

ＳＰが数人、駆けてくる。

「そこに――怪しい男が！」

涼子は廊下に体を投げ出して叫んだ。

ＳＰが拳銃を手に、休憩所へと駆けて行く。――あの病室の前にはＳＰが二人、残っている。

今しかない！　涼子は立ち上ると、ポケットから拳銃を取り出そうとした。

誰かの手が、涼子の手をぐいとつかんだ。

ハッとして振り向く。

「やめるんだ！」

と、耳もとで男の声がした。

そのとき――廊下の明りが消えた。

一瞬、廊下が闇に包まれる。そして――その奥で銃声がして、射撃の火が光った。

三発の射撃。

そして、数秒の闇は、パッと自家発電の明りに切り換った。

「逃がすな！」

廊下を駆けて行く男の後ろ姿が、〈非常口〉へと消えた。

SPが追って行く。

「下を封鎖しろ！」

と、SPがマイクに叫んでいる。

「犯人は非常口から逃走！」

涼子は何が起ったのか分らず、男にがっしりと体をつかまれて、廊下の隅へと引張って行かれる。

「拳銃をよこせ」

「え？」

「このままいたら、捕まるぞ！」

「でも――」

「早くしろ！」

男の強い口調に、涼子は拳銃を渡してしまった。

「――早く行け」

「え？」

「今なら、怪しまれずに逃げられる。あと二分したら、もう動けないぞ」

「でも……」

涼子は男の腕をつかんで、「どうしても、私、マドラスを殺さないと」

「おい――」

「子供が――一郎が殺されるんです！　私がマドラスを殺さないと……」

「そういうことか」

――男はもちろん淳一である。

「今の銃声は……」

「あの病室の中へ弾丸を撃ち込んだんだ。しかし、マドラス大統領はあそこにはいない」

「え？　それじゃ……」

「あそこにいると思わせるために、ＳＰが大勢いるんだ。カモフラージュさ」

「そんな……」

涼子は床に膝をついて、「どうしよう……あの子が殺される……」

と、呻《うめ》くように言った。

「一緒に来い」

「あなたは……」

「むだな殺しをさせたくない男だ」

と、淳一は言って、涼子を立たせた。


「おい、誰だ！」

ＳＰの上ずった声が聞こえた。

「撃つなよ！　俺だ。上田だ」

と、両手を上げて答える。

「――何だ、上田か」

と、ＳＰは息をついて、「何しに来たんだ？」

「いや、気になってさ。銃声がしたようだったが」

「ああ、こっちへ逃げて来た奴はいないか?」

「見なかったぞ。そういえば、裏口の方へ誰か走ってったようだが」

「そうか。ともかく逃がすなと言われてる」

「大統領はどうした?」

「さあ、俺は上にいなかったからな」

と、SPは言って、「お前もこの辺でウロウロしてると、問答無用で撃たれるぞ」

「分った。もう引き上げるよ」

上田は、元の仲間が駆けて行くのを見送ってホッと息をついた。

薄暗くて助かった。——よく見たら上田が汗をかいていることが分っただろう。

病院から外へ出ると、上田は急ぎ足で離れた。

少し行って足を止めると、ケータイを取り出した。電源を入れると、向うからかかって来た。

「——上田です」

「どうなった?」

と、無表情な声が訊いた。

「三発、撃ち込みました」

と、上田は言った。

声が少し震えている。

「間違いなく殺したのか？」

「それは……確認する余裕はありませんでした」

「そうか。分った。ご苦労だった」

と、相手は言って、「女はどうした」

「佐竹涼子は、ＳＰの注意を引きつけてくれました。それで撃つ機会を……」

「女はどうなったんだ？」

「分りません。射殺されたと思いますが、あの状況では」

「よし、分った。女がどうなったか、確認しろ」

「これからですか？」

「当り前だ」

「それで──」

「もし、逮捕されているようだったら、殺せ」

上田は一瞬絶句した。

「──分ったのか」

「はあ。ですが、殺さなくても──」

「大きな目的の前では、女一人の命など、大した問題じゃない」

「しかし、彼女の子供を……」

「返すと思ったのか」

と、冷ややかに、「君も、もっと冷酷に割り切るようにならなくてはいかん」

ややあって、

「――分りました」

と、上田は言った。「病院へ戻って、佐竹涼子を殺します」

「それでいい。すべて済んだら、連絡しろ」

「かしこまりました」

――切れた。

上田のこめかみを汗が伝い落ちた。

急いで歩いて来たための汗ではなかった。冷たく、凍りつくような汗だった……。

8　偽装工作

「あなただったのね」

と、真弓は言った。「私を覚えてる？」

「はい……」

と、涼子は消え入りそうな声で言った。

「マドラス大統領を暗殺しようなんて！　大それたことを」

「すみません……」

「でも、まあ……無理もないわね。我が子を人質に取られたら、どんなことだってやるわ」

「そう言っていただけると……」

「でもね！　今、あの大統領が殺されたら、あの国はとんでもないことになるのよ！」

「はあ……」

「ま、よその国より我が子が大事よね」

と、真弓は言って、「でも、どんな事情があっても、人殺しはいけないわ！」

「はい」

「だけど私だって、子供のためなら、罪をおかすかもしれないけどね」

淳一がため息をついて、

「一人で問答するのはやめろよ」

と言った。「問題はこれからどうするかだ」

「分ってるわ。世の中、善と悪に単純には割り切れないってことを言ってるの」

――涼子は、病室の地下にいた。

「でも……もうだめです」

と、涼子が肩を落として、「マドラス大統領を殺せなかったんですもの。一郎は殺されてしまう。――あの子がいなくては、私も生きてはいけません」

「まあ待て」

と、淳一が言った。「実際に撃った人間は、マドラスを殺したつもりでいるだろう。それなら、あんたの子供も助かるかもしれない」

「そうでしょうか」

涼子が、かすかな希望をこめて淳一を見た。

「でも、考えてみれば妙ね」

と、真弓は言った。「あなたは銃を撃つ余裕がなかった。でも、SPの注意を引いて、そのとき誰かが病室の中へ弾丸を撃ち込んだ……。その人間はどうしてあなたが騒ぎを起すって知ってたの？」

「それは……」

と言いかけて、涼子は愕然とした。「まさか！」

「心当りがあるのね？」

「でも……そんなはずは……」

「分ってるだろ」

と、淳一が言った。「上田という、元ＳＰで、あんたの父親の部下だった男だ」

「そんなはずが……。上田さんは、私の力になってくれて……」

「そして、あんたを犠牲にして、マドラスを狙ったんだ」

「ああ！　どうしよう！」

と、涼子は両手で顔を覆った。「信じてたのに……」

「しかし、上田は捕まっていない。あんたの子の行方を知っているかもしれない」

「まだその辺にいるかもしれないわ！」

と、真弓は言った。

「そうだな」

と、淳一は肯いて、「マドラスが死んだかどうか、確かめなくてはならないだろう。一旦外へ出ても、戻って来ているかもしれない」

「見付かったら、私に話をさせて下さい」

と、涼子は言った。「一郎がどこにいるのか、白状させます！」

涼子の目は裏切られたことへの怒りに燃えていた。さっきまでの、しおれきっていた姿とは別人のようだ。

佐竹安次は、騒ぎが起ったとき、すでにＳＰたちが警備についているフロアからエレベーターで一階へ下りていた。

自分がウロウロしていては、却って警備の邪魔になることは分っていた。現場の者たちから言われるまでもなく、「もう出る幕はないのだ」と知っていた。

それでも、一階の空っぽの待合室で、何となく時間を潰していたのは、別に何か起りそうな予感があったわけではなかった。

待合室の長椅子に腰をおろして、

「三十分したら帰ろう……」

と呟いたとき、何か騒ぎが起った。

バタバタと駆ける足音。怒鳴る声。

「――何だ？」

立ち上って、少し前に遠くから聞えていたのが、銃声だったかもしれないと気付いた。

「逃がすな！」

という声。

何かあったのだ！

佐竹は、周囲に目をやった。

もし、暗殺者が現われたのなら、ここへ逃げてくるかもしれない。

しかし――こんな所にぼんやりと立っていたら、ＳＰたちの邪魔になるだろう。

佐竹は、一階の隅、診察券などをチェックする機械が並んでいる後ろに身を隠した。

「まだ外へは出ていないぞ！」

「捜せ！」

駆け回っているＳＰたちの声が聞こえる。

マドラスはどうしたのだろう？

撃たれたのか？　――気になったが、今からノコノコエレベーターで上って行けない。

――少しして、待合室の辺りは静かになった。

佐竹は隠れていた所から出ようとして、外からやって来た人影に気付いた。急いで隠れようとしたが――。

何だ。あれは上田の奴だ。

あいつも来ていたのか？　今はＳＰでもないのに。

入って来た上田は、薄明りの中、ひどくこわばった表情だった。

いつもの上田ではない。どうしたっていうんだ？

佐竹は出て行くと、

「おい、上田」

と、声をかけた。

上田がハッと息を呑んで立ちすくむ。

そして、薄明りの中で、佐竹の姿を見分けると、

「何だ、佐竹さんですか」

と、やっと表情を緩ませた。「びっくりしましたよ。どうしたんです？」

「いや……」

佐竹安次はちょっと口ごもると、「――お前、どこから来たんだ？」

と訊いた。

「外にいたんです。何だか――中で騒ぎがあったみたいで」

と、上田は言った。「佐竹さんと同じで、やっぱり気になるもんですね。つい、例の大統領のことが気になって、こんな時間に来てしまったんですよ」

「そう遅くはないがな」

「ええ、そうですね！　でも、もう診療は終ってるでしょ？」

「どうやら、マドラスがまた狙われたらしいな」

「やっぱりそうでしたか！　で、どうだったんですか？」

「さあ、俺も今は外されてるからな。聞いていない。まだその辺を必死で捜してるようだ」

「無事だといいですね。——佐竹さん、もう帰りますか？」

「そうもいかんよ。状況がはっきりせんとな」

「そうですね。じゃ、上に行ってみましょうか」

佐竹は肯いて、

「そうするか」

と言った。

エレベーターの方へ歩き出す。

佐竹は、ここを駆けて行ったＳＰが戻って来ないかと思っていた。

佐竹には分っていた。——やったのは上田なのだ。

理由は知らない。しかし、今の上田の反応で、佐竹には分った。

あの表情、相手が佐竹と知ってからの、普段とは別人のような早口なしゃべり。

——見付かってしまった犯人の典型的な姿だった。

上田だって、犯人がどういう反応を示すか学んでいるはずだが、こと自分の場合はそんなことなど考えていられないのだろう。

問題は、上田をいつ捕えるかだ。

おそらく、上田は拳銃を扱っている。佐竹との体力の差もある。一人では無理だ。誰か来てくれ！　――エレベーターの前に来てしまった。

どこにいるんだ？　さっき、この辺を駆け回っていた連中は。

上田がボタンを押すと、エレベーターはすぐやって来て扉が開いた。――よりによって、こんなときに！

「佐竹さん、行かないんですか？」

上田がふしぎそうに訊く。

「いや、もちろん行く」

二人が乗ったエレベーターが上り始める。

――二人きり。二人だけだ。

そのとき、佐竹はふっと思った。

きっと、やむにやまれぬ事情があったのだ。上田はいいSPだった。その上田が暗殺者の側に回ったのには、よほどのわけがあったに違いない。

そうだ。俺にならら。きっと俺になら正直に打ち明けてくれる。

「上田」

と、エレベーターの中で、佐竹は言った。「なぜやったんだ」

「——おい」

廊下にいたSPが言った。「今の、銃声じゃないか？」

「そう思ったか？　俺も、もしかしたら、と思ったけど……。でも、どこで聞こえたんだろう？」

二人のSPは顔を見合せ、それから廊下を見回して、油断なく身構えた。

チーンと音がして、エレベーターの扉が開いた。

「誰も乗ってないぞ」

と、一人が言ったが、

「いや——誰かいる」

「ああ……。倒れてるのか、中で？」

「見て来よう。お前はここを動くな」

「分った」

一人がエレベーターへと駆けて行った。

扉が閉りかけたが、辛うじて手で遮って止めた。中へ入り、扉が開けたままになるようにロックした。

床にうつ伏せに倒れている男を、仰向けにする。

「——おい！」

と、SPが怒鳴った。「医者を呼んでくれ!」

「どうした?」

「佐竹さんだ! 佐竹さんが……撃たれてる!」

声を聞きつけて、看護師が駆けつけて来た。「まあ……。心臓を撃たれてますね」

そばに膝をつくと、「——もう亡くなっています」

と言った。

「畜生!」

銃声はこのエレベーターの中から聞こえたのだ。そして撃った人間は、一番近い階で降りた。佐竹の死体だけが、ここまで上って来た……。

「犯人はまだ病院の中だ!」

と、SPが怒鳴った。「畜生! 逃がすな!」

隣のエレベーターの扉が開いた。SPがハッとして拳銃を抜いた。

「どうしたの?」

と、真弓が出て来て、「何ごと?」

同じエレベーターで、淳一と涼子が上って来ていた。

「佐竹さんが撃たれて——」

「お父さんが?」

涼子が愕然として、エレベーターの中に横わっている父親を見つめた。

「早く手当を――」

「亡くなっています。残念ですが」

と、看護師に言われて、涼子は青ざめると、父親の死体のそばに膝をついた。

「元SPの上田刑事を見た？」

と、真弓が訊く。

「上田ですか？　マドラス大統領の病室に弾丸を撃ち込んだ犯人を追いかけた者が、下で会ったと言っていましたが」

「容疑者は上田よ。捜して」

と、真弓は言った。

「分りました」

SPが連絡を取り合っている間に、涼子は涙を拭って、

「きっと……これも上田のしわざですね」

と言った。

「うん。争った様子もないし、弾丸をよけようともしなかったようだ」

と、淳一が死体を見て、「正面から心臓を撃たれてる。まさか撃たれると思っていなかったんだろう」

「許さない！　ひどい人！」

と、涼子は声を震わせた。

「今まで病院にいたということは、大統領が死んだか確かめるためだろう」

と、淳一は考え込んで、「それに一郎君のこともある」

「一郎は……生きてるんでしょうか」

と、涼子は言った。

「どうかな。――もともと、誘拐したとはいっても、返すつもりはなかったろう。あんたを囮《おとり》にして、上田が狙撃する機会を作ろうとしていたわけだからな」

「それじゃ……」

「しかし、大統領を殺せなかったとすれば、あんたにはまだ利用価値があるかもしれない。それなら一郎君は助かるかも……」

「どうしたらいいでしょう？」

「大統領が死んじゃったことにしたら、それで終りね」

と、真弓は言った。

「死にかけてる、という微妙な状態ということにしておくのがいいだろう。上田の弾丸で、大統領は瀕死の状態。しかし、病院の懸命の手当で、助かる可能性もある。そうすれば、あんたにもう一度刺客の役が回ってくるかもしれない」

「何でもします！　一郎のためなら」

涼子は、父の死よりも一郎のことに集中しようとしていた。

「それには、まず……」

と、淳一が言った。


何てことをしてしまったんだ……。

上田は、何とか病院の外へ逃れていた。

殺すつもりはなかった。しかし、あのエレベーターの中、突然正面から問いつめられ、上田はとっさに引金を引いてしまったのだ。

「佐竹さん……」

自分にとって恩人とも言える佐竹を射殺してしまうとは……。

しかし、どう報告しよう？

ケータイが鳴って、ギクリとした。そして、涼子からだと知って息を呑んだ。

出るべきかどうか。迷ったが、出ないわけにもいかなかった。

「──もしもし」

「上田さん？」

「うん……」

「ひどい人ね。私を利用したのね？」

「涼子さん——」

「私、何とか捕まらずに逃げられたわ」

「そうか」

「でもね……。父が死んだの」

涼子の言い方で、上田は、自分がやったとは知られていないのだとホッとした。

「佐竹さんが？」

「誰かにエレベーターの中で撃たれてた。——でも、今の私には一郎が大切なの、上田さん、一郎がどこにいるか、知ってるの？」

「いや……。すまない。僕はいやだったんだが、他に手がなかった」

「いいわ。あなたがどうしてマドラスを殺そうとしているのかは訊かない。一郎の命さえ助かれば……」

「君、今、どこにいるんだ？」

「病院の地下よ。この格好なら、怪しまれない」

「そうか。——で、どうなんだろう？　マドラスは死んだのか？」

「いいえ。弾丸の一発が当って、危い状態だって聞いたけど、病院は必死で治療に当ってるわ」

一発だけか。――仕方ない。あの状況で正確に狙うのは不可能だ。しかし、もし一命を取りとめたら……。

「涼子さん。――もう一度力を貸してくれないか」

と、言う上田の声はかすれていた。

涼子が答えるまで、しばらく間があった。

「――いいわ」

と、涼子は言った。「その代り、一郎に会わせて」

上田はすぐには答えられなかった。もしかしたら、一郎はもう生きていないかもしれないのだ。

「――どうなの？　一郎と会わせてくれないのなら協力しない。撃ったのはあなただってことを、刑事に話すわ」

「分った。少し待ってくれ。一郎君がどこにいるのか、僕は知らないんだ。本当だ。しかし、何とか君の条件を呑むように話してみる。頼むから少し待ってくれ」

「分ったわ」

と、涼子は言った。「連絡を待ってる」

そして、通話は切れた。

上田は、さらに少し病院から離れると、ケータイで相手にかけた……。

9　予想外

「ご苦労さん」

淳一は、あえて軽い口調で、上田への通話を終えた涼子に話しかけた。

「私――ちゃんとしゃべってましたか？」

と、涼子はぐったりと椅子に座り込んだ。

「ああ、大丈夫だ。上田は君の話を信じただろう」

「それじゃ、一旦上田を泳がせないとね」

と、真弓が言って、部下とSPに指示を出した。

「それと、マドラス大統領の方だ」

と、淳一は言った。「死にかけていて、必死の治療をしているとなると、そう見えるようにする必要がある」

「病院の責任者に話しましょ」

と、真弓は言った。「やっぱり院長かしら？」

「むろん院長の許可も必要だが、現場を動かしてるのはベテランの看護師たちだ」

「私からお願いしますわ」

と、涼子が言った。「一応――こういう格好をしてますし」

この夜は、看護師長の女性が当直していた。

呼ばれて来たのは、しっかりした体格の、いかにもベテランの看護師で、八田《はった》恵《めぐみ》といった。

「承知しました」

と、淳一と涼子の話をすぐにのみ込むと、「私も二人の子の母親です。一郎ちゃんのためなら、何でも言いつけて下さい」

と、即座に言ってくれた。

「ありがとうございます!」

と、涼子は涙ぐんだ。

「では、マドラス大統領を緊急治療しているという設定で――」

と、真弓が言いかけると、

「すぐ手配して、外から見ればそこで治療中と思われるように指示します」

「それから、ここまでやる以上、マドラス当人の了解も必要だろう」

と、淳一が言った。「知らない内に瀕死の重傷にされちゃ気の毒だ」

「そうですね。少々お待ちを」

八田恵は若い看護師たちに手早く指示を出して戻ってくると、「大統領の病室へご案内します」

と言って、さっさと歩き出した。

淳一たちはあわててその後を追った。


「こんな所に病室が……」

と、涼子は目を丸くした。

入院患者のためのリハビリ室や、喫茶室が並んだ廊下をさらに奥へ進むと、一見ただの壁に見える扉があり、横へ滑るように開いた。

「ご苦労さま」

と、真弓は警備に当っているSPたちに言った。「大統領はお目ざめ?」

「さあ……。中の様子はよく分らないんですが」

「ともかく入ってみましょ」

真弓の度胸に、誰も止めようとしなかった……。

「――失礼します」

広い病室へ入って行くと、奥のベッドに、少し体を起こして本を読んでいるマドラスが見えた。

「あ……ええと……ハロー」

と、真弓は言いかけて、「あなた！　英語できるでしょ！」

と、淳一をつつく。

淳一はベッドの方へ歩み寄ると、

「突然お邪魔して申し訳ありません。ぜひ大統領にお願いしたいことがあって伺いました」

と、日本語で言った。

「あなた！　何してるのよ！　それじゃ通じないでしょ」

と、真弓は言ったが——。

マドラスは微笑んで、

「伺いましょう」

と、滑らかな日本語で言ったのである。「色々騒ぎが起っているようで、気になっていたのです」

真弓と涼子が唖然としていると、淳一が振り返って、

「マドラス大統領は、大学時代、日本に何年か住んでいたんだ。日本語が分るだろうと思っていた」

「へえ……」

真弓は呆然として、「通訳の料金が節約できるわね」と言った。

「――佐竹涼子さんです」

と、淳一はマドラスに紹介して、「今、この女性の一人息子が人質に取られて、あなたの命を奪うように命じられています」

「それはお気の毒だ」

と、マドラスは首を振って、「私にできることがあれば言って下さい」

「ありがとうございます！」

涼子は思わずマドラスの手を取ってキスした。

淳一の話を聞くと、マドラスは却って目を輝かせた。

「任せて下さい！」

と、力強い声で、「何なら、痛みにのたうち回るところをビデオで流してもらっても」

「いえ、そこまでしていただかなくても」

と、真弓があわてて言った。

「私は、こう見えても、かつては役者志望だったのです」

と、マドラスは得意げに、「国では舞台に立ったこともあります。まあ、セリフは三つしかなかったが」

「はあ……」

「いい演技のためなら、少々の無理はいといません。何でも言って下さい」

と、マドラスは言って、「——しかし、私を殺さないと一郎ちゃんは助からないのですか?」

「そこを何とかしたいと思っているのです」

と、淳一は言った。

「そうですか」

マドラスは肯くと、「しかし、もし他に手がなくて、この女性がお子さんの命を救うために私を殺したとしても、この人を許してあげて下さい。むろん私も今死にたくはないが、将来のある子供のためなら、恨みはしません」

どうみても真剣な言葉だった。——涼子は涙を拭って、

「死なないで下さい」

と言った。「あなたのようなすばらしい大統領を持って、お国の人たちは幸せですね」

「いやいや、国の運命を担っている以上、利害の対立する人間たちが必ず出てくるも

のです。政治家はいつでも死ぬ覚悟がいります」

「まあ……」

と、真弓は感動した様子で、「日本の首相にスカウトしたいわ」

と言った。

「こんな所にいるのか？」

と、その男は思わず呟いた。

首をかしげたものの、発信しているのは間違いなくここだ。

車の中から、男はケータイで電話をかけた。

「――どうした」

と、鈴村が言った。「今、どこだ？」

「はあ……。杉並の住宅地なんですが」

「何だと？　百合がその辺の家にいるというのか」

「確かに、発信機はここに」

「それなら間違いないだろう。構わん。仕止めろ」

「はあ……」

「大方、都内に知り合いがいて、かくまってもらってるんだろう」

〈K製作所〉の社長、鈴村はごく当り前の口調で、「百合を生かしておいては厄介なことになる。いいな」

「分りました」

通話を切ると、男は肩をすくめて、「俺の知ったことじゃないさ」と言った。

男の名は沢田《さわだ》といった。

鈴村に雇われて二年。狙撃の腕を買われて高い報酬をもらっている。

外人部隊に入って、ライフルの腕を磨いた。そして、何より「人を撃つ」ことにためらいがない。

今、沢田の隣の助手席には、ゴルフバッグが置かれている。しかし、中は新型のライフルだ。

〈K製作所〉が、社長の鈴村の指示で秘密裏に開発したものだ。

その「試し撃ち」の標的に、鈴村は秘書の松永百合を選んだのである。

「ひでえ奴だな」

と、沢田も苦笑する。

鈴村に忠実に仕えた秘書を、邪魔になったから殺せと言う。しかも、新製品の性能を確かめろというのだから。

「俺も用心しないとな……」

そうだ。役に立たないと思われたら、沢田のことも平気で消すだろう。

発信機の信号が強くなった。

百合がいるにしては、ごく普通の住宅である。さして広くない庭。リビングらしい部屋の明りが、カーテンの合間から洩れている。

鈴村は、百合がどこか地方の人目のない所へ隠れようとするだろうから、信号を追って行って、射殺しろと言った。

しかし、信号を追っていたら、こんな都内の住宅地へ来てしまったのだ。

ガラス戸が開いた。女の姿がシルエットで浮かぶ。――しかし、あれは百合じゃない。

沢田も、百合のことはよく知っている。あんなに太っちゃいないはずだ。

「はい、ちゃんと食べるのよ」

と、その女が言うと、その足下から、大きな犬が出て来て、庭へ下りた。

犬小屋が庭の隅にあって、そこにエサが用意してあるのだろう。

「何だ？」

信号がいやに強くなった。――百合がすぐ近くにいる。

沢田はライフルを取り出した。

どこだ？　――信号からすると、この車から十メートルくらいの範囲にいるようだが……。

犬がせっせと食事をしている。

「畜生……。どこだ？」

車の周囲を見回したが、百合らしい女の姿はない。

弾丸をこめて、ガラス窓を下ろした。

信号がさらに強くなる。

そして――犬が食べ終えて、犬小屋の中へ入った。すると、信号が弱くなった。

「まさか……」

沢田は呟いた。

しかし、間違いない！　信号はあの犬から出ているのだ。

「百合の奴……」

気が付いたのだ。それで発信機を、どこかであの犬の首輪にでも取り付けた……。

犬を撃っても仕方ない。――ライフルをゴルフバッグにしまった。

「そうか」

気が付いたということは、百合は自分が狙われていると分っているのだ。

沢田は急いで鈴村へかけようとケータイを取り出した。

そのとき、

「静かに」

と、女の声がした。「死にたくないでしょ?」

車の窓の外に、いつの間にか百合が立っていて、拳銃の銃口を沢田へ向けていた。

「待ってくれ」

沢田は焦って、「命令なんだ。俺だってこんなことはしたくなかった」

「言いわけはいいわ」

と、松永百合は言った。「そのライフル、新製品? 社長の指示で作った」

「ああ。――そうだ」

「私で試すつもりだったのね。ひどいことを考えるわね」

と、百合は苦笑した。「ともかく、出かけましょ」

百合は、車の後ろの座席に乗り込むと、

「車を出して」

と言った。

「どこへ行くんだ?」

「そうね。ともかく郊外へ向って。その都度指示するわ。分ってるでしょうけど、ずっと銃はあなたを狙ってるわ。妙なことは考えないで」

「それほど馬鹿じゃねえよ」

沢田は車をスタートさせた。

「外人部隊で、こんなことには慣れてるでしょ？」

と、百合が訊いた。

「いや、こんなに近くで銃を突きつけられたのは初めてだ」

「そうなの？　まあ、ライフルで遠くから狙撃するのが仕事だったんだものね」

社長の鈴村の秘書として、沢田のような「裏の社員」のことも詳しい。

「――そのライフルの性能はどう？」

車が広い通りへ出ると、百合が訊いた。

「止ってる標的は申し分ない。しかし、生きた的は撃ったことがなくてね」

「試せなくて残念だったわね」

「やめてくれ。俺は本当に気が進まなかったんだ」

「そう。――でも、発信機を見付けたときのショックが分る？　あの社長のために休日もなく尽くして来た。違法なことだってやった。その礼がこれなの」

「俺だって、ひどい話だと思うよ」

「でも、あのワンちゃんでなく、私があそこにいたら、ライフルの引金を引いてたでしょ？」

「まあ……。それが仕事だからな」

「鈴村社長に報告しなくていいの？」

そう言われて、沢田はハッとすると、

「そうだった！　こっちから連絡しないと、向うからかけて来るだろう」

そう言ったとたんに、沢田のケータイが鳴った。沢田はチラッと振り向いて、

「どうする？」

百合は落ちついていた。

「運転しながらケータイに出るのは危いわ」

と言った。「まず車を道の端に寄せて停めて」

沢田が車を端へ寄せる。ケータイは鳴り続けていた。

「——どうする？」

「出たら？　いいわよ、正直に言って。やりそこなった、って。嘘をついたら、あなたが消される」

沢田は、少しの間百合を見つめていたが、やがてケータイを手に取った。

「——沢田です」

「何をしてたんだ！」

苛々した鈴村の声がした。「百合の奴はどうなった？」

沢田は静かに、

「殺しました」

と言った。

「確かか？」

「今、車で死体を運んでいます。それでなかなか出られなかったんです」

「――そうか」

鈴村は安堵したように、「ライフルの精度はどうだ」

「上々です。狙い通りでした」

「すると――一発で仕止めたんだな」

「心臓を一発で。苦しまなかったと思います」

「よし。死体はうまく片付けろ」

「任せて下さい。山奥の、まず何年も見付からない所を選んで隠します」

「よし。帰ったら連絡しろ。極上のステーキ屋へ連れてってやる」

「楽しみにしてます」

――通話を切ると、沢田はホッと息をついた。

「何を考えてるの？」

と、百合が言った。「いつかはばれるわよ」

「分ってる」

沢田は肯いて、「ともかく、どこか遠くへ行こう」

百合はちょっと笑って、

「あんたも変な人ね」

と言った。

そして百合は拳銃をバッグの中にしまった。

10　疑惑

大臣……。待って下さい！

質問に答えて下さい！　——大臣！

「大臣……」

言葉が出ていたらしい。

「ここには、残念ながら大臣はいないぜ」

という声がした。

江口のぞみは、ぼんやりとした視界の中に動く人影を見ていた。

「あなたは……。誰だったかしら……」

「見えるか？　焦らなくていい」

のぞみは深く息をついた。

「私……どうしたのかしら」

「刺されたんだ。一時は危なかったが、何とか助かった」

「刺された？　——そうだわ、エレベーターの前で……。急に目の前が暗くなって……」

「背中から刺された。ナイフが心臓をほんの二、三ミリそれたので助かったんだ」

やっと視界がはっきりした。

「ああ。——あの焼肉屋さんの」

「記者会見のときも会ってるぜ」

「そうでしたね」

と、のぞみは言った。「今野……淳一さんでしたっけ」

「そうだ」

「私……殺されかけたんですね」

「そういうことだ」

と、淳一は言った。「表向き、君は殺されたことになっている」

「え……。死んだことに?」

「ああ。その方が捜査に都合がいいとうちの奥さんが言うものでね」

「まあ……。私、幽霊なんだ」

と、のぞみは口もとに笑みを浮かべた。

「君の彼氏にも、死んだと言ってある。しばらくの間だ」

「関原さん? そうですか……」

「君のことを心配していたよ」

「本当に? ——少しは見直してやるかな」

「その元気なら大丈夫だ」

「ここ……どこの病院ですか?」

と、のぞみは訊いた。

「S医大病院だよ」

「え……。そこって、マドラス大統領が……」

「ああ。この病院にいる」

「そうなんだ! 悔しいな。けがしてなきゃ独占取材できるのに」

「その精神は立派だ」

と、淳一は言った。「刺されたときのことを憶えてるか?」

「私……大臣を追っかけてたんです。でも、見失って……。ちょうどエレベーターの前に来たとき、扉がチーンといって開いて……」

のぞみは眉を寄せて、思い出そうとしていたが、「だめだわ……。誰かがエレベーターから出て来て、そのとき背中に痛みが……。そんなに痛くない、って思ったの、憶えてるんですけど、すぐ目の前が暗くなって……」

「そうか。無理しなくていい」

「でも……助けてくれたんですか、今野さんが?」

「まあ、たまたまだがね」

「ありがとう……」

のぞみはそっと手を差し出して、淳一の手を握った。「このご恩は、きっと……」

そこへ、

「ちょっと!」

と、真弓の声が割って入った。「人の亭主の手を勝手に握らないで!」

「おい、死にかけたけが人だぞ。やさしくしてやって当然だろ」

と、淳一が言った。

「分ってるわよ」

と、真弓はやや不服そうではあったが、「五秒以内なら許す」

「ありがとうございます」

のぞみがちょっと笑って言った。

「私だって、親切にしてあげるつもりよ。一番の親切は犯人を捕まえることでしょ」

「そいつは理屈だな」

と、淳一は言った。

「犯人はおそらく松永百合って女よ」

「誰ですか、それ？」

「〈K製作所〉の鈴村社長の秘書。今、姿を消してるわ」

「〈K製作所〉？」

と、のぞみは少し考えて、「兵器を作ってる所ですね！」

「当りだ」

「じゃ、〈K製作所〉と張本大臣が結んで……。武器輸出の話ですね！ ああ、悔しいなあ！ 元気だったら、スクープ記事にしてやれるのに」

のぞみの目が輝いている。

「どんな手術や薬より、スクープ記事の方が利きめがありそうだな」

と、淳一は言った。「おい、マドラスの方はどうした？」

「当人が、どうしても苦しんでる芝居をしたいって聞かないんで、仕方なくオーバーでない程度にやらせてビデオを撮ったわ」

「大統領の熱演か。見ものだな」

淳一と真弓の話を聞いて、

「どういうことですか？　教えて下さい！」

と、のぞみは起き上りかねない勢いで、

「落ちつけ！　ちゃんと話してやるから」

と、淳一がなだめなくてはならなかった。


ケイ子は目を覚ました。

たぶん、まだ真夜中だろう。

大臣・張本の、いや今は夫となった男の声が聞こえていた。

「そんなことで中止したら、どうなると思うんだ！　損害は数十億だぞ。何としてもやるんだ。――そうだ。それぐらいの覚悟がなくては、何もできん」

自信に満ちた声。口調。――それはホステスのケイ子が聞いたことのない張本の声だった。

広いサイズのベッドの中で、ケイ子は手足を伸した。いくら伸しても、このキングサイズのベッドからはみ出すことはない。

ケイ子が一人で暮していたアパートの、冷たくなった布団と、何という違いだろう。

今、ケイ子は張本の、

「手近にハネムーンを済まそう」

という言葉で、都内の一流ホテルのスイートルームに泊っていた。

張本の、六十歳とはとても思えないベッドでの逞《たくま》しさに、二十八歳のケイ子は圧倒されていた。

人がうらやむのも当然だと思った。私は幸せ者だ。

「――ああ、何かあれば、いつでも連絡して来い。ただし、『できませんでした』とだけは言って来るなよ」

張本は、スイートルームのリビングの方で電話していた。眠っているケイ子を起さないように気をつかったのだろうが、あの声では起きてしまう。

しかし、ケイ子は夫の気配りを無にしないよう、目を閉じて眠っているふりをした。大臣という立場で、いつ呼び出されるか分らない、とは言われていた。もちろんケイ子も承知だ。

ベッドの方へ張本が戻って来る気配がしてケイ子は深々と息をした。

そして――張本はケイ子の様子を見ているようだったが、またリビングの方へ戻って行ったのである。

　少し間があって、

「――俺だ。どうなった?」

　誰かに電話している。さっきよりは落ちついた普通の声だが、それでも静かなので聞こえてくる。

「言いわけはいい。そっちでちゃんと始末さえつければな。――そうか。それならいい。あいつは信用できるんだろうな?　――ああ分ってる。死体は見付からないように隠せよ。どんな山奥でも、日本は人が通るんだ。中東の砂漠とは違う。――分った」

　――ケイ子は耳をふさごうとして、「もう遅いわ」と思った。

「死体」と、張本は言った。聞き違いではない。

　死体を隠す?　一体どういうことなのだろう?

　ケイ子は、女性の刑事がやって来たことを忘れていない。江口のぞみというジャーナリストが殺されたという……。

　張本はその刑事のことを怒っていたが、もちろん肝心なのは人一人、殺されたことの方だ。そして、ケイ子は刑事に、張本と一緒にホテルを出たと嘘をついてしまった……。

あのとき、張本はあのフロアに残っていた。ということは、江口のぞみが殺されたときも、近くにいたのだろう。

もちろん、張本が江口のぞみを殺したとは思わない。しかし、今の話では、誰かの「死体を隠せ」と言っている。

——何てことだろう。

新婚早々、夫が殺人に係っていると知らされるなんて！

プロポーズを受けるのではなかった、と思ったが、もう遅い。こうして張本に抱かれて満足しているのに。

張本が戻って来て、ベッドへ入って来る。

ケイ子は、張本がじき盛大な寝息をたて始めるのを聞いた。

死体を隠す話をして、張本がこんなにすぐ眠れるなんて……。

ケイ子だって子供じゃない。政治の世界など詳しくはないが、色々表に出せないこともあるだろうと分ってはいる。

でも——人を殺すということ。それは「きれいごとでは済まない」などという理屈で納得できる話ではなかった。

どうしよう……。どうしよう……。

悩んでいる間に、ケイ子は眠ってしまっていた。

「もしもし」

と、上田は言った。「今、ＴＶでマドラスが――」

「見た」

と、相手が言った。「しかし、助かるかもしれん。とどめを刺せ」

「それには、佐竹涼子の手助けが。彼女は息子の声を聞かせてくれと言っています」

「そうか」

「まさか……殺していないですよね」

上田の声が上ずり、すぐそばで涼子が息を殺す。

「大丈夫だ。元気でいる」

という答えに、安堵したものの、

「声を聞かせてくれと言ってます。会わせてくれと言われたのですが、何とか電話で声を聞くだけで我慢すると――」

「分った。今、連れて来る。少し待て」

涼子が身を震わせている。待つ時間は長かった。

「ママ？」

「一郎ちゃん！」

涼子の声が震えた。「大丈夫？　けがしてない？」

「うん。大丈夫」

しかし、一郎には一体何が起っているのか分っていないだろう。

「もう少し辛抱してね。ママがちゃんと迎えに行くからね」

「うん、分った」

と、一郎が言った。「ね、ママ」

「え？　どうしたの？」

「うん……。食べるものが、カップラーメンとハンバーガーばっかりなの。飽きたよ」

「そう……。そうね。でも、もう少し——もう少し我慢してね。帰ったら、何でも一郎の好きなものをこしらえてあげるからね」

「ママのカレーが食べたい」

一郎の言葉に、涼子は大粒の涙を流した。

「そうなの？　じゃ、カレーをこしらえてあげるから、お腹いっぱい食べてね」

「うん。早く来てね」

「ええ、もうすぐ迎えに行くから——」

「これでいいだろう」

と、男の声に替った。「上田に協力するんだ。いいな」

「――分りました」

涼子は涙を拭って、ケータイを上田に渡した。

「上田です。これから何とかマドラスに近付いて……」

「済んだら、報告しろ」

と言って、切れてしまった。

涼子は長椅子に座り込んで、肩を落とした。

上田はしばらくケータイを手にしたまま、立ち尽くしていた。

二人がいるのは、暗い廊下の奥だった。検査室が並んでいて、今は誰もいない。

「――上田さん」

と、涼子は言った。「ありがとう。一郎の声を聞かせてくれて」

「涼子君……」

「お願いよ。もし私が射殺されたら、あなたが一郎を守ってやって」

上田は無言で長椅子に並んで座った。

「ね、上田さん。お願い」

と、涼子がくり返すと、

「涼子君。――連中は一郎君を返すつもりはない」

と、上田は言った。

「え？」

「マドラスを殺せたとしても、たぶん僕も君も死ぬだろう。そうなれば、一郎君は邪魔なだけだ」

「そんな……。あの子はまだ四つよ！　この先、長い人生があるのよ」

「分ってる。しかし……」

「お願い！　私は撃たれても、必ずあなたを守るわ。逃げて、一郎を助けてちょうだい」

上田が立ち上った。何かを振り落とそうとするような勢いだった。

「上田さん――」

「僕はいやだ！　どんな大義のためでも、人を殺したくない！」

「でも……」

「自首して出る。一郎君がどうなるか分らないけど」

ドアの一つが開いた。

「それでいいんだ」

と、淳一が言った。「よく決心した」

「あんたは……」

「ともかく、考えよう。マドラスを殺さなくても、一郎君を助けられる方法を。そして、ちゃんとお母さんに返してあげよう」

そこへ、少し遅れて真弓が出て来ると、

「感動的だったわ！」

と、涙を拭って、「ママのカレーが食べたい、なんて！　——約束するわ。一郎ちゃんは必ず助け出してみせる！」

上田は呆然と立っているばかりだった。


「僕の母はN国の生れだった」

と、上田は言った。

「まあ。そうだったの」

涼子は目を見開いて、「それでマドラス大統領と……」

「あの国はずっと内戦が続いていた。母は早くに日本に来て、父と結婚して、ずっと日本で暮していたんだ」

「それで……」

「三年前、父が亡くなった後、母は久しぶりにN国へ行った。親戚が何人か住んでいたからね。そして——向うの空港で、テロに巻き込まれて死んだ……」

上田の話を、淳一と真弓も聞いていた。

「それがマドラスの側の仕掛けたテロだったというわけ?」

と、真弓が訊いた。

「そう聞いたんです」

と、上田は肯いた。「しかし、冷静になって考えると、マドラスの側なのか、マドラスに敵対する軍部のやったことなのか、はっきりしません。ただ、そのときは……。知らせを聞いて駆けつけ、無残に何十発も銃弾を浴びてひどい状態の母の死体を見て、ともかくN国の中で戦っていること自体が許せなかったんです」

「しかし、マドラスを殺せば、また内戦になるぞ」

と、淳一が言った。

「あの男は、逆のことを言ったんです」

と、上田は言った。「国を安定させるには、強力な軍事力を持った人間がトップに立って、国民を支配しなければならないんだって」

「あの男とは?」

淳一の問いに、上田は少し間を置いて、

「――マドラス暗殺を指示した男です。名前は知りません。一郎君を誘拐して、涼子君に手伝わせるという計画も、その男に言われてのものでした」

「上田さん……」

「すまない」

と、上田は頭を下げた。「大きな目的のためには、必要な犠牲だと言われて、納得してしまっていた。――間違っていたよ」

「一郎を助けるのを手伝ってね」

と、涼子は言った。「そうしたら、父を殺したことを許してあげる」

上田はハッとして、

「知ってたのか」

「ええ。――一郎の命で、償ってちょうだい」

涙をためた目で、涼子はじっと上田を見つめていた。

「しかし――」

と、淳一が言った。「単なる政権争いじゃないだろう。軍部には必ず資金援助をするスポンサーがいるもんだ」

「イベントみたいね」

と、真弓が言うと、淳一は肯いて、

「そういう連中にとっては、戦争も『イベント』さ。自分は絶対に安全な所にいて、金を出す。しかし、奴らは商売人だ。儲からないイベントには手を出さない」

「内戦で儲ける、ってこと?」

「ああ。必ず大きな利益を上げるはずだ」

「何の商売をするの?」

「さあ……。見当はついているが……」

と、淳一は言いかけて、「それより、まず一郎君をどうやって助け出すかだな。どこにいるか、見当がつかないのか?」

「そうですね……」

上田は考え込んだが、「——もし、知っているとすれば、あの女か……」

と、呟くように言った。

「女って?」

と、涼子が言った。

「あの男と会うのに使っているバーの女だ。といっても、本職はホステスじゃないだろう」

「確かに、子供を人質に取ろうとすれば、女がいた方が扱いに困らないだろうな」

と、淳一は言った。

「その女の所へ連れて行って!」

と、涼子は上田の腕をつかんで言った。

11　テスト

どうということのない男だった。

組員になりたくても、どこも相手にしてくれない。一人でグレて歩いていても、少しも金になるわけじゃない。

自称〈ケン〉。

そんな男にどうして目をつけたものか。〈ケン〉も戸惑っていた。

〈ケン〉は二十八歳になっていた。世の中、そう甘くないってことを身にしみて知っている。

「どうだ」

と、その男は言った。「嫌いな人間を思い付いたか」

安酒を飲んでいたバーで、その男は声をかけて来て、〈ケン〉としてはもう何年も飲んだことのない、高級な酒を飲ませてくれたのだった。

そして、男は言った。

「殺してやりたいくらい嫌いな人間はいるか?」

「当り前だ」

と、もつれた舌で言って……。

それきり、よく憶えていないが、酔い潰れたらしい。

気が付くと、どこかのホテルらしい一室のベッドで寝ていたのである。

そして、今、やっと目が覚めると、その男がいつの間にかソファに座っていた。

「ああ……。頭が痛《いて》え」

と、〈ケン〉は首を振った。「ここへ運んでくれたのかい?」

「ああ。返事を聞かないとな」

「返事って?」

「殺したいほど嫌いな奴がいるか、ってことだ」

「ああ。——もちろんいるとも! 一人や二人じゃきかねえ。ザッと十人はいるかな」

と、ちょっと大げさに言った。

「結構だ。それならいい金になる」

「金になる? 仕事があるのかい?」

金になる仕事の話など、久しく聞いたことがない。

「ああ。嫌いな奴を殺すって仕事だ。一人殺したら百万」

〈ケン〉は啞然として、

「からかってるのか？」

と言った。

「お前をからかって、何か得になるか？」

と、男は言った。

「しかし……」

するど、男は足下からゴルフバッグを取り出して、テーブルの上に置いた。

「ゴルフ、やるのか？」

男が黙ってゴルフバッグから取り出したのは——ライフルだった。

〈ケン〉は目を丸くするばかりだった。

「カラシニコフって知ってるか」

と、男は訊いた。

「聞いたことあるな。——ソ連かどこかで作ったライフルだろ」

「そうだ。カラシニコフは銃を作った人間の名前だ。安く作れて頑丈。扱いが簡単で、砂漠や極地でも、めったに故障しない。今や世界中で使われている」

「そのカラシ何とかがどうしたんだ？」

「このライフルは、新しく設計、製造した新作だ。これを試してくれる人間を捜していた」

〈ケン〉は目を丸くして、

「俺のことか？」

「どうだ？　使ってみないか」

「待ってくれよ」

と、〈ケン〉はあわてて言った。「そりゃあ、金になる仕事はしたいさ。しかし、俺はそんな物、触ったこともない。もちろん撃ったことだってないし……。正直、拳銃だって持たせてもらったことがねえんだ」

「理想的だ」

「何だって？」

「そういう人間を捜してたんだ。ライフルを持ったこともない人間にも、楽に使えて、手入れができて、狙った的に当てることができる。そういうライフルになっているはずだ」

「これを……使えっていうのか？」

「そうだ。ともかく、持ってみろ」

〈ケン〉はこわごわそのライフルを手に取った。

そして意外そうに、

「軽いな」

と言った。「見た目よりずいぶん軽い」

「そうだろう？」

と、男は得意げに、「カラシニコフより二〇パーセントも軽いんだ。材料に工夫してある」

「へえ……」

〈ケン〉はともかくライフルを構えてみた。

「おい、こっちに銃口を向けるな」

と、男が眉をひそめる。

「や、すまねえ。でも、まさか弾丸は入ってないんだろ？」

「今はな。――で、どうする？」

「どう、って……」

「それで、殺したいほど嫌いな奴を始末するか」

「ああ……。しかし……」

殺したいと思うのと、実際に殺すのとは違う。さすがに〈ケン〉もためらった。

「おい、男だろ。腹を決めろ」

「うん……」

「百万だぞ」

その金額は、〈ケン〉にとって魅力だった。手にしたことのない金だ。

「分ったよ」

と、〈ケン〉は言った。「じゃあ……」


照明の光の中を、小さな白いボールが飛んでいる。

もっとも、真直ぐに飛ぶのは、何球かに一つ。

夜間もゴルフの打ち放しには、結構大勢の客がやって来ていた。

「——どいつか分るか」

と、男が訊く。

「ああ」

〈ケン〉は肯いた。「あの青いシャツの男だ」

「確かだな?」

「ああ、間違いねえ」

「よし、それじゃ、やれ」

車は打ちっ放しの外、金網越しに、ボールを打っている男たちを、ほぼ真横から見る位置に停っていた。

〈ケン〉は渡されたライフルを手にすると、少し移動して、青いシャツの男がよく見える所で足を止めた。

「使い方は分るな。弾丸が入ってるんだぞ」

「分ってるよ」

銃身の先端を、金網の目に乗せると、安定した。

「いいぞ。――しっかり狙え」

男は、〈ケン〉の背後に立って、様子を見守った。

〈ケン〉はあまり緊張する様子もなく、狙いを定めた。そして――引金を引く。

バン、という短い銃声は、広いスペースに吸い取られるように、一瞬で消え、ほとんど誰も聞かなかっただろう。

そして、ちょうどクラブを振り上げたところだった青いシャツの男が、突然ガタッと膝を折って、その場に崩れるように倒れた。

隣でクラブを振っていたサラリーマン風の男が、面食らって、声をかけているようだった。

「――やったな」

男は〈ケン〉の肩を叩いた。「どうだった?」

「ああ。——本当に弾丸が出たのか？　ほとんど反動もなかった」

「さあ、ここにいて、人目につくといかん。車に乗れ」

〈ケン〉はライフルを男に渡して、車に乗り込んだ。

運転しているのは、男の部下らしい若い男だった。車はすぐに広い通りに出て、車の流れの中に入って行った。

「——なかなかいい度胸だったな」

と、男は言った。「初めて人を撃ったにしちゃ落ちついてる」

「見そこなわないでくれよ」

「分った」

と、男は笑って、上着の内ポケットから、封筒を取り出した。「さあ、約束通り、百万入ってる」

「どうも……。いい厚みだな」

と、〈ケン〉はニヤリと笑った。

「何か食べに行くか」

「うん！　おごってくれるのか？」

「もちろんだ」

「焼肉を思い切り食いたいな」

「分った。いくらでも食べろ」

と、男は言った。「ところで、今撃った男、誰なんだ？　恨みがあったのか」

「ああ、ずっとな」

と、〈ケン〉は肯いた。「俺の親父だよ」


「珍しいな」

と、淳一は言った。

「そう？」

真弓は大して気にしていない様子で席につくと、「そんなに遅れたかしら、私？」

夕食の予約をしたレストランに、真弓が遅れたのである。これは至って珍しいことだ。

「いや、たった一時間だ」

と、淳一は言った。

「たった？　六十分じゃないの。一分間を六十回数えれば終りだわ。――シャンパンをちょうだい」

澄ましている真弓だが、淳一は本当のところ、真弓がかなり怒っていることに気付いていた。

オーダーを済ませてから、

「何かあったのか」

と、淳一は訊いた。

「ま、ちょっとね。——課長と話し合いを持ったのよ」

「何の話だ？」

「どうってことないの。私に、事件から手を引けって」

「そうか。例の大臣だな」

「ええ。初めは口にしなかったけど、私が念を押したら、白状したわ」

部下に「白状」させられる課長も気の毒な気がしたが、むろん淳一はそんなことを口には出さない。

「張本大臣から、今野真弓って刑事はけしからん、交通巡査にしろ、と言われたんですって」

「そんなことをしたら、後ろぐらいことがあると言ってるようなもんだな」

「ねえ。だから、私も課長の言葉を無視してあげたのよ」

と、真弓は言った。「課長だって、内心、私に申し訳ないと思ってたはずよ。だから、私は課長を良心の痛みから救ってあげたわけ」

「なるほど」

「ね、いい部下でしょ？」

「確かにな」

もちろん、そう思わない人間もいるだろうが。

「例の上田の言ってたバーの女はどうなった？」

食事をしながら、淳一は訊いた。

「行ってみたけど、バーは閉めてしまってたわ。中を捜索したけど、チリ一つ残ってなかった」

「そうか」

淳一は肯いて、「マドラス暗殺のためだけに用意したんだろうな。それじゃ、誘拐された子の行方は分らないということか」

「そうね。何とかして見付けてあげたいわ」

「捜しに行くか」

「――何を？」

「もちろん、一郎君のことさ」

「あなた……どこを捜せばいいか、知ってるの？」

とたんに真弓の目が怖くなる。

「そうじゃない。しかし、そのバーも、違う目で見れば、何か出てくるかもしれない」

と、淳一は言って、「ともかく、今は食事をしよう」

「そうね。人間、集中力が大切だわ」

と、真弓はシャンパングラスを空にすると、「ちょっと！　シャンパン、もう一杯！」

と、オーダーした……。


そのバーは地下にあった。

明りを点けると、何もない空間が白い壁となって囲んでいる。

「上田が、その小太りな男と話してたのは？」

と、淳一が訊く。

「奥の小部屋よ」

と、真弓が先に立って入って行ったが、「——一目瞭然。何も残さずに消えたわ」

と、肩をすくめた。

淳一は小部屋の中を見回していたが、正面の壁の前で少し考え込んでから、

「拳銃あるか？」

「ええ。誰か殺すの？」

「殺しやしない」

淳一は真弓の拳銃を手に取ると、正面の壁の隅の方に一発撃ち込んだ。

「あなた――」

「ほらな」

淳一が壁を押すと、ドアのように開いた。

「まあ！」

真弓は憤然と、「失礼だわ！　私が捜したときは見付からなかったのに」

「下りの階段だ」

階段を下りて行くと、スチールのドアがあり、それを開けると――。

「駐車場？」

「そうだ。一般向けじゃなさそうだな。それほど広くない。――ここをどこが使ってるのか、調べてみた方がいいぜ」

「そうね。早速道田君に調べさせるわ」

と、真弓はケータイを取り出して、道田へかけた。

「真弓さん、それじゃ、さっき見付けられなかった隠し扉に気付いたんですか？」

と、話を聞いて、道田は感服の様子で、「さすがは真弓さんですね！　僕は真弓さんの部下でいることを誇りに思います！」

そこまで言われると、真弓もさすがに恥ずかしくなって、

「まあ……ちょっとした偶然だったのよ」

と言った。

通話を切って、ケータイをしまおうとすると、今度は着信があった。

「——誰かしら。——もしもし？」

「刑事さんですね」

と、女の声が、「私、張本の家内です」

「張本さん？　どちらの張本さんですか？」

「おい、例の大臣だ！」

と、淳一が急いで言った。

「ああ」

真弓はごく当り前に言った。「その節はどうも。お元気ですか？」

12　ふしぎな二人

「遅くなってすみません。——いや、思いの外手間取りましてね」

と、沢田はケータイで話していた。「くたびれたので、途中のモーテルで一泊したんですよ」

「問題ないんだな?」

と、鈴村は念を押した。

「大丈夫です。問題ありません。東京に戻るのは夜になります」

「そうか。分った」

「ついでと言っては何ですが、今度の仕事には、色々気分的にも負担があったので、報酬に多少、色をつけてもらえませんか」

沢田の言葉に、鈴村はすぐには答えなかった。そして、

「――考えておこう」

と言った。

「お願いします。ちょっと金も使ったので」

「何に使ったんだ?」

「女です。なかなかいい女と出会ったもので」

「なるほど」

鈴村はホッとしたように笑った。「そういうことなら、プラスアルファを考えよう」

「よろしく」

——沢田が通話を切る。

バスルームから、松永百合が出て来た。

バスローブをはおって、熱いシャワーで顔が紅潮している。

「鈴村に電話した」

と、沢田は言った。「意外に小心だな。それにケチだ」

「今ごろ何言ってるの」

と、百合は苦笑した。「あんなに気の小さな人はいないわ。だから生きのびて来たのよ」

「なるほどな。そんなものか」

沢田はベッドに腰をかけて、「厄介なもんだな、ビジネスの世界ってのは。砂漠で戦ってたときは、単純だった。殺すか殺されるかの二つに一つだ」

「私のことも？」

と、百合が言った。

「もっと単純だ。抱くか抱かれるか」

「同じことじゃないの」

と、百合は笑った。

奇妙な成り行きだった。

沢田は百合を殺したことになっている。しかし、実際はこうしてモーテルの一室に入り、ゆうべはじっくりと愛し合った。

まさか、こんなことになるなんて。――百合もびっくりしていたが、沢田も同じだったらしい。

しかし、ふしぎなことに、一夜を通してみると、二人ともこうなることが、いかにも自然なことに思えていたのだった……。

「これからどうするの？」

と、百合は服を着ながら言った。

「さあな」

「無責任ね」

「お互いさまだろ」

「それもそうね。――ともかく、お腹が空いたわ。出て、どこかで食事しましょ」

「異議なし、だな」

沢田も仕度をした。

その間に、百合は沢田が自分を殺すはずだったライフルを取り出していた。

「――軽いわね。初めて実物を持ったわ」

と、百合は言った。「図面では見てたけど」

「カラシニコフより軽量で手軽。しかも安い、だろ?」

「それが鈴村の目標だった。——とんでもない話ね。これを世界中に売ろうっていうんだから」

「相手構わず、だろ?」

「そうよ。政府軍にも、反政府ゲリラにも、〈K製作所〉の名前は決して出さないけど」

「その内、日本でもテロが起るだろう。そのとき、このライフルが使われているかもしれないな」

百合はライフルをベッドの上に投げ出した。

「妙なものね。鈴村の秘書だったときは、これもただの商品《ヽヽ》だった。でも今は、これで射殺された子供たちの、血まみれの姿が見えてしまう」

沢田はライフルをしまうと、

「あんたを殺さなくて良かったよ」

と言った。「何か食いに行こう」

「うーん……」

と、マドラス大統領は唸った。

「どこか具合が良くないんですか？」

病室へ見舞に来た佐竹涼子はびっくりして訊いた。

「ああ、いや……」

マドラスは涼子を見て、「今、チェックしていたのです」

見れば、ベッドの傍に置かれたパソコンの画面に、マドラス自身が映っている。

「チェックというと……」

「自身の演技の、です」

キーを叩くと、マドラスが身をよじって苦痛に呻いているところが画面に出る。

「お辛そうですね」

と、涼子が言うと、

「いや、これはもちろん、瀕死の状態を演じているのですよ」

「まあ、そうでしたか！　てっきり私、本当だと……」

「そうですか？　では私の演技も捨てたものじゃないな」

と、マドラスは満足げだった。

涼子は、こんなときなのに、つい笑ってしまった。

「――ごめんなさい。愉快な方なんですね」

と、涼子は言った。

「愉快なのはいいことです」

と、マドラスは言った。「深刻ぶっていても、一つもいいことはありません」

「そうですね」

「いや……。お子さんが大変なのに、妙なことを言ってしまった。許して下さい」

「とんでもない」

と、涼子は首を振って、「大統領を拝見していると、一郎もきっと元気にしているに違いないと思えて来ます」

「そう信じることです。人の信じる力は、現実を動かすこともあります」

「はい、そう信じています」

「それから――〈大統領〉はやめて下さい。マドラスで結構」

「でも――」

「〈大統領〉など、肩書に過ぎませんよ。しょせんは国民の僕《しもべ》です」

「大統領のような――いいえ、マドラスさんのような方が狙われるなんて、間違っていますね」

「世の中には、自分の利益のために、戦争が起ってほしいと願っているような連中がいるのです。おそらく、どの国、どの時代にも」

「悲しいことですね」

「全くです。武器を作って売る人間にとっては、いつもどこかで戦争が起っていてくれないと、武器が売れないわけですからね」

と、マドラスは言った。「悲しいことに、私の国にも、アメリカや日本から、武器が入って来ています」

「まあ、日本からも?」

「ええ。しかも、もっと買ってほしい、と私に接触して来た企業もあります。数パーセントのリベートを払うから、と言ってね」

「何てことでしょう!」

と、涼子は思わず声を上げた。

「それをはねつけたせいで、狙われたのでしょうね」

マドラスは淡々と言った。


どうしよう……。

張本防衛大臣の夫人となったケイ子は、レストランの個室で、ため息をついた。

大臣の妻だからといって、ケイ子は少しも変っていない——つもりである。

しかし、周囲はそう見てはくれないようで、ケイ子は一人でスーパーに行き、買物して帰って、夕飯をこしらえるという、当り前のことがしたいのに——。

「ＳＰが一人必ずつくからな」

と、張本から言われてびっくりした。

「私は一人で大丈夫です」

と言ったが、

「大臣の妻は、そういうわけにいかんのだ」

と、取り合ってくれない。

お昼を食べに出かけても、こんな高級フレンチの店でランチ。しかも個室に一人である。ドアの外には、ＳＰが立っている。

「困ったわ……」

ケイ子は、あの女性刑事に電話して会って話したいと言ってあった。

しかし、こんな状態では、二人きりで会うわけにもいかない。

「お待たせいたしました」

ドアが開いて、ウェイトレスがスープを運んで来る。

「どうも……」

と、ナプキンを手に取ると、スープを置いたウェイトレスが、

「声を立てないで下さい」

と、小声で言った。

ケイ子はびっくりした。あの刑事ではないか。

「SPを遠くへやりますから」

と囁《ささや》くと、「特製ビーフコンソメでございます」

と会釈して、出て行く。

「ユニークな人だわ」

と、ケイ子は呟いた。

スープを飲み終えると、今野真弓がさげに来る。そして——。

「あ！　失礼しました！」

ドアの外で声がした。「——まあ、スープの残りが背広に。すぐ落とさないと、しみになって落ちなくなります。——ちょっと！　お願い！」

少ししてドアが開くと、真弓が淳一と一緒に入って来た。

「今、SPは上着にこぼれたスープをきれいにしてもらいに、入口の方へ行っていますﾞ」

と、真弓が言った。「でも、あまり時間はないでしょう。お話というのは？」

「それが……。大臣が——夫が、誰かを殺させているようなのです。聞いてしまって……」

ケイ子が、ベッドで寝たふりをしているとき、耳にしたことを急いで話した。

「どうしていいか分らなくて……。夫は、はっきり、『死体は見付からないように隠せ』と命じていました」

「『隠せ』と言ったということは、もう殺してしまった後、ということですね」

と、淳一が言った。「張本大臣の知っている誰かに命じていたとなると……」

「『どんな山奥でも』ね」

と、真弓は考えて、「分りました。よく話して下さって。後は私どもに任せて下さい」

と言った。

「私、先生が捕まるようなことにはなってほしくないんです。――いい人だと思っています」

と、ケイ子は言った。「だから、今の内に、危いことから手を引いてほしいんです」

「分りました」

と、真弓が肯く。

「戻ろう」

と、淳一が促《うなが》した。

二人が個室を出て行くと、すぐに、

「まあ、大変失礼しまして！」

と、真弓がオーバーに言っているのが聞えて来た。

ケイ子は息をついて、

「これで良かったのよね……」

と、呟くように言った。

13　弾痕

〈ゴルフ練習場で射殺される〉

記事は中途半端な扱いだった。

殺されたのが、特に有名人でもなかったし、撃たれたという点が、判断を難しくしていたのだ。

「ただの流れ弾かもしれないわ」

と、真弓は言った。「あの近くには暴力団の事務所があるから」

「そうじゃないと思うぜ」

淳一は車を運転していた。

そのゴルフの言わゆる打ちっ放しは、事件などなかったかのように、客がゴルフボールを打っていた。

さすがに、射殺された場所だけは〈立入禁止〉になっている。

「――ここか」

淳一はその場に立ってみた。

「近くから撃たれたんじゃないわ」

と、真弓は言った。「ともかくほぼ一杯にお客が入ってたんだから」

「そうなると、外から弾丸が飛んで来たってことだな」

「でもね、弾丸そのものは、拳銃にも使える小口径だったのよ」

「そうか」

淳一は肯いて、「表を回ってみよう」

じきに淳一は、金網の近くに立っていた足跡を見付けた。もちろん、ほんのわずかな手掛りだが。

淳一は金網から中を覗いて、

「その足跡に立てば、この金網を通して狙える」

「でも、遠過ぎない?」

「おそらくライフルだ」

「あの弾丸で？」

「そこだ」

と、淳一は言った。「高性能なライフルは弾丸も特殊なものを使うから、射撃のプロでなきゃ使いこなせない。それじゃ、大量に売ることはできない」

「つまり……」

「世界中に輸出して売ろうと思えば、もっと手軽に使えて、弾丸もどこでも簡単に手に入るようでなきゃならない」

「じゃ、ここで撃たれたのは、そのためのデモンストレーションだったってこと？」

「いい勘だ。おそらくそうだろう。だから、きっと誰でも良かったんだ」

「ひどい話ね」

「もちろん、狙うのに、それなりの理由のある相手を選んだとも考えられるけどな」

「射殺されたのは……只野啓一《ただのけいいち》、六十歳。普通のサラリーマンだってことよ。じき定年になるところだったらしいわ」

と、真弓は手帳を見て言った。「一応、家族に当ってみる」

「ああ、そうだな」

「でも、張本が話してた、隠さなきゃならない死体っていうのは、これとは別ね。張本の周囲で死んだ人間がいるかどうか……」

「江口のぞみが刺されたときの女はどうだ？」

「〈K製作所〉の鈴村社長の秘書？　ええと……松永百合だったわね」

「姿を消してるんだろ？」

「つまり——殺されてるってこと？」

「俺にはそこまで分らないが、あの女は逆らったら手強い相手だぞ」

「あなた、どうして松永百合のことを知ってるの？」

と、真弓が淳一をにらむ。

「よせよ。死なせるには惜しい女だから、狙われてることを知らせてやっただけだ」

「でも、死体になってどこかに……」

「どうかな。自分の身は守れる女だと思うが」

狙われていると知らせた以上、後は自分で切り抜けてもらうしかない。

「それより気の毒なのは、張本と結婚したケイ子さんね」

「当人に、上昇志向がないってことを、張本は気が付かなかったんだろう。情報をむだにしないことだ」

「もちろんよ。でも——張本が殺しに係ってたら、見逃すわけにいかないわ」

「当然だ。——あの〈ＶＩＰ〉会議の三人も見張っとけよ」

「道田君が監視してるわ」

「三人とも?」

「いやね、もちろん別々よ」

「びっくりしたぜ……」

と、淳一は言った。「しかし、一番の取っかかりはマドラスだ。マドラスを狙ってる連中にすべてはつながってる。それだけじゃない。手軽なライフルが、マドラス暗殺に使われるかもしれない」

「そんなこと……」

「考えてみろ。そのライフルでマドラスを殺せたら、何よりの宣伝になる」

「宣伝……。ひどいわ!　許せないわね!」

真弓はカッカしている。

「世の中にゃ、何で儲けようと、金は金だと思う奴らがいるのさ」

と、淳一は言った。


車は昼下りの静かな住宅地へ入って、停った。

「おい」

と、後部座席から、鈴村はドライバーに声をかけた。「少しその辺を散歩して来い」

「かしこまりました」

「用が済んだら、ケータイへかける」

「はい」

ドライバーが車を降りて立ち去ると、鈴村は少しゆっくりと寛いだ。

ドアが開いた。

「早いな」

と、鈴村は、乗り込んで来た沢田に言った。

「こういう用件は、手早く片付けた方がいいでしょう」

と、沢田は言った。

「そうだな」

鈴村が上着の内ポケットから、厚みのある封筒を取り出して、沢田へ渡した。

沢田は中も見ずにポケットへ入れると、

「品物はどうします？」

と訊いた。

「使い勝手はどうだった？」

「上々です。軽いが、作りはしっかりしてる。扱いやすいですよ」

「結構だ」

と、鈴村は肯いて、「持っていてくれ。また頼む仕事ができそうだ」

「分りました。では――」

と、沢田が出て行こうとすると、

「どこへ埋めたんだ？」

と、鈴村が訊いた。

「知らない方がいいでしょう」

「うん、そうだな――。一発で仕止めたのか」

「一発です。そうでなきゃ、この仕事はつとまりませんよ」

「そうだな。――苦しまなかったか」

「さあね。俺は殺されたことがないもんで」

と、沢田は言った。「心臓に一発。ほとんど即死だったと思いますよ」

「そうか。それなら……良かった」

「松永百合に未練があるんですか？」

「いや、そんなことじゃない。ただ……なかなかよく働いてくれたし、いい女だったからな」

「惜しかったですか？　もう生き返りませんよ」

「分ってる」

鈴村は窓の外へ目をやって、「もう行け。連絡する」

「分りました」

では、のひと言もなく、沢田は車を降りた。そして足早に姿を消す。

沢田は、住宅の間の通り道を抜けて、二本先の道へ出た。

車が停めてある。助手席に乗り込むと、

「聞こえたか」

「ええ、しっかりね」

ハンドルに手をかけているのは、松永百合である。

沢田の上着に取り付けたマイクから、鈴村との話を、百合は聞いていたのだ。

と、百合は言った。「人を殺させといて、今さら……」

「──呆れたわ」

「あんたに惚れてたんだな、きっと」

「だからこそ許せない！」

百合は声を叩きつけるように言った。

「おい、大丈夫か？　ハンドル、替るか？」

「いいえ。──一時のことよ」

と、百合は言って、車をスタートさせた。

冷ややかな表情の下で、百合は烈しい怒りを押し隠していた。

女は、ごくありふれたデパートの紙袋をさげて、地下鉄の駅から地上へと上って来た。

ちょうどその階段を下りかけていた男とぶつかって、紙袋を取り落とした。

「これは失礼」

と、男は言って、その紙袋を拾い上げ女に渡した。

「どうも」

男も同じデパートの紙袋を持っていた。

「失礼しました」

と、会釈して、男は階段を下りて行った。

地下へ下りた所で、真弓が待っていた。

「予定通り?」

と訊く。

「ええ」

男――上田は女とすりかえた紙袋の中を覗いた。「あの病院の看護師の制服です」

「じゃ、間違いないわね」

と、真弓は肯いて、「大丈夫。その女のことはしっかり尾行しているわ」

「よろしく」

と、上田は言った。

マドラス大統領を確実に仕止めるために、「S医大病院の看護師の制服をもう一度、手に入れて下さい」と、上田が依頼したのである。

そして、あの女が届けて来た。

もし一郎の居場所を知っているとすれば、あの女しかない。

真弓のケータイが鳴った。

「もしもし、道田君？」

「真弓さんですか、女がタクシーに乗ったので、こちらも車で尾けています」

「分ったわ。見失わないでね」

と、真弓は言った。「一郎ちゃんって子の居場所を、その女が知ってるかもしれないの。一郎ちゃんを、何とか助け出したい。お願いね」

「了解しました！」

道田の声は一段と緊張した。

「――無事に見付かってほしい」

と、上田が言った。「涼子さんのためにも」

上田は、涼子の父、佐竹安次を殺している。しかし、マドラスを守るには必要な人間だった。

「病院に戻りましょう！」

と、真弓が促した。


一方、淳一は、道田の車を尾けていた。

問題の女が、一郎のいる場所へ行くのではないかと思っていたのだ。

淳一は自分で車を運転しながら、真弓へ電話をかけた。

「どこでサボってるの？」

いきなり真弓に言われて苦笑する。

「ちゃんと仕事をしてるさ。それより、そっちの捜査はどうなってる？」

「外部の人にはお教えできません」

「おい……。俺は『内部の人』だろ？」

「冗談よ。ええと何だっけ……。あ、そうそう。例の隠し扉から通じてた駐車場なんだけど、調べてみたら、〈M商事〉が借りてたわよ」

「何だって？　〈M商事〉が名前を出して？」

「ええ。あなたの言ってた、〈VIP〉の一人が〈M商事〉の――」

「岩国だ。——なるほど」

人間、自分が重要人物だと思うと、警戒するのが面倒になるのだろう。何をやっても捕まるわけがない、という思いがあるのだ。

「それとね」

と、真弓が続けて、「ゴルフ練習場で射殺された……何てったっけ。——あ、そうそう。只野啓一の家へ行ってみたわ。何でも息子がグレて家を出てしまっているそうよ。奥さんの話だと、その息子と父親が、えらく仲が悪かったって」

「殺すほどか?」

「何でも、女の子に振られたのを、父親のせいだと思って、恨んでるって。父親の方も、愛人がいるとかで、奥さん、全然悲しんでなかったわ」

「どうも低レベルな内輪もめだな」

「ねえ。どうしてみんな、うちみたいに仲良くできないのかしら」

「そりゃ、人間の出来が違うからだろ」

「正しくは、奥さんの出来が違うからよ」

「ま、どっちでもいいが、その息子ってのを捜した方がいいだろうな」

「もちろん捜してるわ。大体いつも同じようなキャバレーとかバーに出入りしてるらしいから」

「おい、待て」

淳一は、道田が追っていたタクシーが停って、女が降りるのを目にとめた。道田の車がそれを追い越して、少し先で停る。

「何てことだ」

と、淳一が言った。

「どうしたの？　道田君が何かへました？」

「そうじゃない。例の女が、〈M商事〉のビルへ入って行った。会長の岩国の雇ってる女だろう。しかし——呆れたな」

三人集まると、一人は緊張感の足りない人間が出てくるものだ。泥棒稼業でも同じだから、淳一はいつも一人で仕事することにしている。

「たぶん、岩国は別荘を持ってるだろう。調べてみろ。この調子なら、一郎って子を、その辺に閉じ込めてるかもしれない」

「分ったわ」

淳一は、道田が車を出て、どうしたものか困っているのを見ると、真弓へ、

「道田君へ連絡してやれよ。ちゃんと尾行したんだ。あの女のことをうまく訊き出すように教えてやれ」

「じゃ、まず、ほめてあげることにするわ」

真弓は、小学生でも相手にしているつもりらしかった……。

「まさか……」

と鈴村は呟いた。

〈K製作所〉の社長室で、新聞を広げていた。――〈ゴルフ練習場で謎の銃撃〉という記事。

鈴村はちょっと迷ったが、ケータイを手に取った。

「――もしもし」

「岩国さん？　鈴村です」

「ああ、どうも」

岩国は耳が痛くなるような大きな声で、「いや、あれはいい品物ですな」

と言った。

「岩国さん……」

できるだけ普通に聞こえるように、「まさか、あれを実際に使われてはいませんよね」

「何だ、それでかけて来たんじゃないんですか？　ニュースでやっとったの、見ませんでしたか？　ゴルフの打ちっ放しで……」

鈴村は少しの間、言葉が出て来なかった。

「じゃ、あれは例の銃を使った……」

「試し撃ちってやつですよ。いや、あれは使える！　音も小さいし、軽くて扱いやすい。あれは売れますよ」

まるで深夜のＴＶでやっている通販のしゃべりみたいだ。

「では、実際に使った人間は？　身許は確かですか？」

「心配いりません。金で何でもやる男ですよ。ライフルなんか撃つのは初めてと言ってりましたが、みごとに親父に命中させましたからな」

「――今、『親父に』とおっしゃったんですか？」

「そうです。何でも仲の悪い親子らしくてね」

「殺された男の息子に、撃たせたんですか？」

「ええ。いや、大丈夫。何も証拠は残っとらんですから」

と言って、岩国は豪快に笑った。

鈴村は、とても笑う気になれなかった。

「岩国さん。これは大切な取引なんです。この先、何十億、何百億になるかもしれない。もし、警察がその男を見付けたら――」

「心配性ですな。鈴村さんは、デンと構えとればいいんですよ。我々には張本大臣がついてる。何も心配するには及びません」

「そうかもしれませんが、やはり慎重の上にも慎重に——」

「承知しとりますとも！　そいつにはどこか遠くへ行ってるように言いましょう。問題ありませんよ」

岩国は少し不機嫌な口調になっていた。

どんなことでも、

「ごもっともです」

と言われて来た人間なのだ。

自分のしたことをとがめ立てされるのに慣れていない。

「いや、それなら結構です」

と、鈴村は急いで言った。「どうもお騒がせしました」

通話を終えると、鈴村は難しい顔で考え込んだ。

「このままでは……」

と呟くと、もう一度ケータイを手に取った。

14　分裂

珍しくゆっくりと朝食を取っていた。

「ケータイが鳴らないってのは、いいもんだな」

と、張本が言った。

「それなら、電源を切ってしまわれたらいいじゃありませんか」

と、ケイ子は言って、「あなた、コーヒーをもう一杯？」

「うん、もらおう」

「アメリカンですよ。物足りないかもしれないけど。お体のためです」

「分ったよ」

と、張本が愉しげに笑った。「お前がそう言うなら、それでいい」

そこには、大臣の張本ではなく、一人の夫がいた。

いい人なんだ。そう、この人はいい人なのだ。大臣でさえなかったら。——ケイ子はそう思った。

しかし、ケイ子が二杯目のコーヒーを注いでいるとき、ケータイが鳴って、張本は「大臣」に戻った。

「——ああ、おはよう」

と、張本は言った。「——どうした？　岩国のこと？　岩国がどうかしたのか」

しばらく相手の話に耳を傾けていた張本は、「ちょっと待て」

と、席を立って、ケイ子へ、「すぐ戻る」と、声をかけると、広い居間の方へと入って行った。

「——気持は分る。しかし、〈M商事〉には、総理の弟が。——ああ、切るわけにはいかんな」

張本も声が大きいのと、ケイ子が食事の手を止めて聞いているとは思わないので、居間のドアも半開きのままだった。

「——分った。その只野とかいう奴については任せる。岩国には俺から話しておく。しかし、気を付けないと、すぐへそを曲げるからな」

張本が戻って来て、

「そろそろ迎えが来るだろう。仕度をする」

と言った。

「いつでも大丈夫です」

と、ケイ子は立ち上った。

「お前がシャツやネクタイを選んでくれるようになってから、評判がいいんだ。洒落てますね、と言われるようになった」

「まあ、私なんか一向に……。基本的な色の合せ方を守っているだけですわ」

「基本的、か。——結局、基本が一番正しいのかもしれんな」

迎えの秘書が来て、張本は出かけて行った。

「行ってらっしゃいませ」

と、見送ると、

「今日は出かけるのか？」

と、張本が訊いた。

「決めていませんが……」

「ちゃんと連絡して、ＳＰについて来てもらうんだぞ」

と、念を押した。

「ああ……」

くたびれてしまう。

しかし、一旦決心したのだ。あの女性刑事は、少し変ったところはあるようだが、誠実であることは確かだと思った。

一人残ったケイ子は、真弓のケータイへかけた……。

「岩国を切るわけにいかない?」

と、淳一は言った。「張本がそう言ったのか」

「ケイ子さんの話ではね」

と、真弓は肯いた。

「岩国があまりに無用心なので、他の二人が——おそらく、鈴村が困ってるんだろう」

「〈M商事〉に、総理の弟がいるそうよ。だから扱いが難しいんでしょう」

「そういう人脈で成功して来た奴なんだ」

淳一と真弓も、自宅でのんびりと朝食をとっていた。

「こいつは面白くなって来た」

と、淳一はニヤリと笑って、「あのVIPが、偉い奴ばかりのせいで、自分から崩壊することになるかもしれないぞ」

「そうなってくれたら、こっちは楽ね」

と、真弓は言いながら、「あなたって、トーストにバターを塗る天才ね!」

「そりゃ、デリケートなタッチの加減は、泥棒こそ第一だからな」

と、淳一は自慢して、「分裂と崩壊に手を貸してやろうじゃないか。例の只野の名前も出たんだな？」

「そう聞こえたって」

「只野の息子のことだな。消されるぞ」

「その前に見付けて——」

「うん。当人も、まさか消されると思っていないだろう」

「名前が分ったわ。只野健っていうの。〈ケン〉って名で通ってるらしい。でも、大した顔じゃないのよ」

「奴が父親を射殺したのなら、きっと大物になったつもりで、いつものバーに現われるだろう」

「ちゃんと見張らせてるわ」

「岩国の別荘はどうだ？」

「別荘はハワイやバリ島だから、ちょっと遠過ぎるわね。でも、いつも違う女を置いとく別宅が郊外にあるって分ったわ」

「十中八九、そこだな」

淳一は肯いて、「只野の方は俺に任せろ」

「警察の手柄を横どりする気？」

「そんな趣味はねえよ。ＶＩＰを混乱させてやるのさ」

と、淳一は楽しげに言った。


やっちまえば、どうってこたあない。

実際、〈ケン〉は今でも本当に人を撃ったということが——しかも自分の父親を——信じられない気分だった。

よく映画で、腕ききの狙撃手が、いかにも「プロ」って感じで、もったいぶってライフルを扱っている。

しかし、俺はどうだ？　ライフルなんか持ったこともなかったのに、一発であの憎らしい親父を仕止めてやった。

そうさ！　要は度胸なんだ。

〈ケン〉、こと只野健は、何度か通ったことのあるバーで、この夜、思い切り飲んでいた。

いつもは、あまり寄って来ないホステス連中が、今夜は二人も三人もそばにぴったりついてくれる。——俺が大物だってのが少しは分ったのかな？

寄って来る理由は簡単。健が分厚い札入れを取り出して見せたからなのだが、そんなことにも気付かない。

「今夜は凄くカッコイイわね！」

と言われて、

「そうだろ？　俺はな、凄腕のスナイパーなんだ」

「スナイ……。それって何？　新しいダンスか何か？」

「分ってねえな！　ま、いいや。こいつはうかつにゃしゃべれねえんだ！」

と言う舌も、もつれている。

夜中になって、やっとバーを出る。ホステスに両側から支えられないと真直ぐ歩けなかった。

「また、明日も来てよね！」

グラスを手にしたホステスがついて来て、

「はい、最後の一杯」

と、健に渡した。

「へえ、気がきくな！　おい！　みんなも飲め！　表で景気よくやろう！」

金さえ払ってくれりゃ、店の中だろうと外だろうと構わないわけで――。

すでに、健は店の中で、正しい料金の三倍以上の額を払っていたから、サービスがいい。

もちろん、この追加分は、明日の分にプラスするのである。

「おい！　みんなグラス持ったか？　じゃ、乾杯だ！」

と、健が声を張り上げる。

その健の「乾杯」の様子を、数十メートル離れた車の中から狙っていたのは、沢田だった。

鈴村からの依頼で、急な仕事が入ったのである。

「呑気《のんき》な奴だ」

沢田の構えているのは、「新製品」ではなく、自分の愛用しているライフルだった。

確実に仕止めるには、やはり小口径のライフルは頼りない。

「まあ、よく味わえよ……」

と、沢田は呟いた。

健がグラスを空けて大笑いしている。そして――。


「キャッ！」

と、ホステスの一人が声を上げた。

「どうしたの？」

「グラスが――急に割れちゃったの」

と、濡れた手を服でこすった。

「強く握り過ぎたんじゃないの？」

と、他のホステスが笑った。

すると、バシッと音がして、そのホステスの手にしていたグラスも割れたのだ。

「いやだ！　手、けがしちゃった！」

「どうなってるの？」

と、みんな顔を見合わせていると、健の手にしたグラスが、パンと音をたてて砕けた。

「わっ！」

と、健が仰天して、「どうなってんだ？」

「いやだ、中に入ろうよ」

と、一人が言うと、バーの扉に飾りつけてある色電球が音をたてて割れた。

「おい……」

健はフラフラと後ずさった。——これって、もしかして……。

上着の袖口が、一瞬引張られるようになって、ボタンの所が引きちぎられていた。

「狙われてる！」

弾丸が飛んで来たのだ。どこかから、俺を狙ってる！

健は、目の前に停っていた空の車のかげに身を隠した。

ビシッ、と音がして、車の窓ガラスに穴が開いた。

「おい！　何だってんだ！」

弾丸が、はっきり健の頭上をかすめて飛んだ。「ワアッ！」

髪の毛が焦げてる！

殺される！

健はあわてて駆け出した。しかし、目の前でバイクの座席が吹っ飛ばされ、立て看板が倒れる。

弾丸は確実に健の数センチ以内を飛んで来ていた。

「やめてくれ！」

次の弾丸が頭を射抜くかもしれない。両手で頭を抱えたが、それで弾丸が防げるわけではない。

「誰か！　助けてくれ！」

と、健は喚いた。

そこに、パトカーが停った。警官が降りて来ると、

「どうかしましたか？」

と、健に訊いた。

「助けてくれ！　殺される！」

と、健は警官にしがみついた。

「ちょっと！　落ちついて！　誰が殺すっていうんです？」

「狙撃されてるんだ！　ライフルで狙われてる！」

パトカーのそばの街灯が粉々に砕けた。

「見ろ！　助けてくれ！」

健は自分からパトカーの中へ潜り込んだ。

「ちょっと！　勝手にのらないで！」

警官が引張り出そうとしたが、健は体を丸めて動こうとしなかった……。

ホテルの部屋へ入ると、

「戻ったの」

と、松永百合が言った。

沢田は黙ってゴルフバッグを下ろした。もちろん、中身はライフルだ。

「仕事はすんだの？」

と、百合は訊いた。

鈴村から指示が来て、沢田が出かけて行ったことは知っている。

沢田の様子が普通でないことに、すぐ気付いた。

沢田は無言でベッドに腰をおろした。

「――何かあったの？」

と、百合は訊いた。

「分らない」

と、沢田は首を振った。「しかし――ともかく、そいつを殺せなかった」

「まさか……」

「本当だ」

「邪魔が入ったの？」

「それが……」

沢田はちょっと息をついて、「今でも信じられない」

「どういうこと？」

「奴はバーから出て来た。かなり酔ってて、ホステスが何人か周りにいた」

「狙えなかったのね？」

「いや、狙うのは簡単だった。途中に邪魔な看板や車もなかった」

「それなら……」

「ところが、引金を引こうとしたとき、一瞬早く、他の誰かが撃った」

「他の?」

「どこにいたのか分らないが、どこかから、狙撃した。――しかし、撃ったのは、ホステスの手にしたグラスとか、奴の上着の袖口とか……。凄い腕前だ。そして、俺が引金を引こうとすると、必ず一瞬早く撃って、狙えなくする」

「じゃ、その誰かは、殺そうとしたわけじゃないのね」

「明らかに違う。そこにパトカーが来たんだ。奴はパトカーの中へ逃げ込んだ」

沢田はため息をついて、「警官は撃てない。奴はそのままパトカーに乗って行っちまった」

「それは……まずいことになるわね」

「聞いた話だと、そいつは例の新製品で試し撃ちをしたらしい。人を殺してる」

「あのゴルフ練習場の?　もしかしたら、と思ってた」

「奴の口から、その新製品のことが明るみに出ると、鈴村もうまくないだろう。隠しちゃいるが、調べれば〈K製作所〉で作ったことが分るだろうしな」

「輸出どころじゃなくなるわね」

「俺がしくじったとなったら……。俺も危い。あんたは、どこかへ姿を隠せ。俺と一緒にいると命取りになりかねない」

百合は、しばらく黙っていた。――沢田は、

「金なら、俺が何百万かは持ってる。それを持って、どこか遠くへ行くんだ」

と言った。

「あなたはどうするの？」

「まあ……逃げても、いずれは消されるだろう。覚悟はできてる。自分の失敗だ。仕方ないさ」

と、沢田は気軽な口調で言った。

すると――百合が沢田にキスして、ベッドに押し倒したのである。

「おい……」

「黙って！」

百合は手早く服を脱いで行った……。


「何だか嬉しそうね」

と、真弓が言うと、淳一は否定せず、

「まあな」

と肯いた。

「いいことがあったの？　宝くじでも当った？」

「そんなもの買うか」

「なに、射撃の腕が落ちてないって分ったから、自分で自分をほめてやってるのさ」

「じゃ、どうしたの？」

「それって……」

真弓は理解した。「只野健が保護を求めて来たのは、あなたの――」

「殺されるところを救ってやったのさ」

淳一が車のハンドルを握っていた。

真弓は助手席で、

「ちょっと脅してやれば、あの健って男、何でもしゃべりそうよ」

と言った。

「すぐに手を打つな。――奴だけじゃ、ＶＩＰの三人を追い詰められない」

「泥棒の言うことじゃないわね」

と、真弓は冷やかすように言った……。

15　命の価格

　二言めには、

「殺してやる」

　と言い出すような人間は、普通人殺しなどしないものだ。

　しかし、この男は例外だった。

　といって、実際に男が人を殺すところを目にしたわけではない。だが、男が過去のこととして話す「人殺し」の話はたぶん事実だろうし、その体が発する危険なオーラは、相当なものだった。

「いつまで手間取ってやがるんだ」

　と、男はかなり苛立っていた。

「人一人殺すのよ。そう簡単に――」

　と、女は言いかけたが、

「人が一人死ぬなんて、簡単さ」

と、男は遮った。「俺は散々見せられて来たからな」
男は中東のどこかの国で、雇われて戦って来たのだと言っていた。それがどことど
この戦争だったかもよく憶えていないというので、女はびっくりしたものだが、
「要は金さえもらえりゃ、どっちに付いたって同じことさ」
と、男は言った。
男の名を、女は知らない。――女は、神田八重《かんだやえ》という古風な名前だった。
岩国がどういう人間かもよく知らない内に、地方のホテルで知り合った。泊ってい
た岩国が、夜中に「マッサージ」を頼んだのである。
夜遅かったので、他に行ける者がいなくて、神田八重が行くことになった。
岩国は、彼女のマッサージでぐっすり眠ってしまった。翌日、ホテルに呼ばれた八
重は、その場で岩国に雇われることになった。
三十代の後半になっていた八重は、岩国の「愛人」とも「秘書」ともつかない微妙
な立場だったが、ともかく気に入られてびっくりするほどの給料をもらったので、文
句はなかった。
家族もなく、一人暮しの八重は、岩国について歩き、何でもやった。そして――岩
国がかなり悪どい商売をしていることを、ずいぶんたってから知った。
そのときには、もう岩国と手を切るわけにいかなくなっていた。

「――お昼を食べさせなきゃ」

と、八重は立ち上った。「お腹空かしてるでしょ」

「あのガキ、どうするつもりなんだ、お前のボスは」

と、男が言った。「どうせ生かしちゃ返さねえのなら、早いとこやっちまった方がいいぜ」

「まだ指示がないのよ、会長さんから」

と、八重は少し強い口調で言った。

この別宅は、他の住宅から離れているので、子供を隠しておくには向いていた。しかし、人里離れた山の中というわけではないので、多少は人目を気にする必要がある。

台所で、八重はハンバーガーを、子供の所へ持って行った。

「いつも同じもので、ごめんね」

と、八重は一郎に言った。

一郎は四歳だが、自分の状況をそれなりに分っているようで、決して泣いたり騒いだりしなかった。

正直、さすがの八重も、この子を殺せと言われるのを恐れていた。人を殺したことはないが、言われた場所へおびき出したり、アリバイ作りをしたり、立派な「共犯者」にはなっていた。

しかし、こんな子供を、それも手を下すのはあの男だとしても……。

「何か欲しいものはある？」

と、八重が訊くと、一郎は黙って首を振った。

居間へ戻ると、ケータイが鳴った。岩国だけがかけてくる専用のケータイだ。

「八重です」

「うまくない」

と、岩国が言った。「只野って男が警察に逃げ込んだ。鈴村の雇った奴がヘマをやったんだ」

殺されそうになって必死で逃げたのだろう。八重は同情したくなった。

「上田に言って、マドラスの方を急がせろ」

「分りました。看護師の制服は渡してありますから――」

「ともかく急がせろ。上田も、あの女も射殺されれば好都合だ」

と、岩国は言った。「今、〈家〉か？」

「そうです」

「あいつはいるか」

「はい、ここに」

「替れ」

八重はちょっと不安になって、

「あの子供は――」

「いいから替れ」

その口調で、分った。

黙ってケータイを男へ渡す。

「――もしもし。――そうですか。了解しました。すぐに片付けます」

男が返して来たケータイは、もう切れていた。

「すぐ片付く」

と、男は立ち上って、「何かくるむものを用意しろ。毛布か何かでいい」

「ええ……」

男は居間を出て行こうとした。八重は、

「待って」

と言った。「まだハンバーガーを食べてるわ。食べ終ってからに……」

「やるとなったら、早い方がいいんだ」

と、男は居間を出て行くと、二階へ上って行った。

八重は、少し遅れてついて行った。

「そうか。ドアに鍵がかかってるんだったな」

と、男は苦笑して、「おい、開けろ」

「ええ」

八重は鍵を取り出して、開けた。

「よし、お前はここで待ってろ」

男が中へ入って行く。

「やあ。もう食べたのか？」

と、男は一郎に声をかけた。「ちょっと目をつぶってな」

しかし――男の手は止った。

八重は、台所から持って来た包丁を男の背中に突き刺したのだ。

「子供は……。いくら何でも！」

男が呻き声を上げて、その場に崩れるように倒れた。

「おばちゃん……」

と、一郎が目を見開いて言った。「助けてくれたの？」

「人間なら……。できないわよ、あなたを殺すことなんか」

八重は、その場にペタッと座り込んだ。「逃げるのよ。この近くの家に、どこでもいいから、一一〇番してもらって。できるわね？」

「おばちゃんは？」

「私はここで死ぬの。仕方ないのよ。それで私も気がすむし」

と、八重は言った。「さあ、行って」

そこへ、

「あんたもカレーを食べちゃどうだ？」

と、声がした。「その子のお母さんがカレーを作って待ってるぜ」

八重は呆然として、

「あなたは？」

「刑事よ」

と、淳一の後ろから真弓が入って来て、「岩国なんかに義理立てすることないわ。あなたは、子供の命を救ったの。それだけのことよ」

「さあ」

と、淳一は一郎を抱き上げると、「ママのカレーを食べに行こう」


「一郎ちゃん……」

涼子は、叫ばなかった。

駆け寄りもしなかった。ただ座って、そこにいるわが子の姿が幻ではないかと確かめているようだった。

「ママ」

と、一郎の方が駆け寄って、「カレー、おいしそうだね」

部屋には、カレーの匂いがいっぱいに充ちていた。

「いくらでも食べられるわよ！」

涼子は、やっと現実のものと分ったわが子を抱きしめて言った。

「刑事さん、ありがとうございました！」

と、涼子はついて来た真弓に礼を言った。

「あなたに謝りたいって人が」

と、真弓が、神田八重の背中を押して前へ出した。

「申し訳ありません！」

と、八重はその場に膝をついて、「私が一郎ちゃんを……」

「あのおばちゃんが助けてくれたんだよ」

と、一郎が言った。

当惑している涼子に、真弓が状況を説明した。

「じゃあ、一郎が殺されるところを……」

「この人も命がけだったんですよ」

と、真弓は言った。「後悔しています。分ってあげて下さい」

「もちろんです。――一郎のために、その男を殺したんですね」

「本当なら、私も死んでいなきゃいけないんですけど……」

「あなたのカレーをどうしても一杯食べたいということで、連れて来ました」

と、淳一が言った。

「どうぞどうぞ！　すぐ仕度しますわ。今野さんたちもぜひ」

それを聞いた一郎が、

「僕の分、なくならない？」

と、不安そうに言った。


「逃げましょう」

と、松永百合が言った。

「君と一緒に？」

と、沢田が言った。

「あら、私とじゃご不満？」

「まさか！　しかし、逃げて回るのも辛いと思うぜ」

「死ぬよりいいわ。鈴村の考えること、やることは私が一番よく知っている。うまくやれば大丈夫よ」

二人はベッドで身を寄せ合っている。――一体どうしてこうなったのか。

普通の恋人同士でないことは確かだ。

どちらも、世間にどこかで背を向けた生き方をして来て、その結果を引き受ける覚悟はできている。その「プロ意識」が、二人を近付けたのかもしれない……。

「だがね」

と、沢田は言った。「あんたは、鈴村の下で、色々やばいことに係っては来ただろうが、それでも人を殺しちゃいない。俺はこの手で人を殺してる。こんな人間と一緒にいたら、あんたの方が損だ。分るだろ？」

「そんなことぐらい、百も承知よ。その上でこうなったんだもの、後悔しないわ」

「頑固だね」

と、沢田は苦笑した。

「それに、私は裏切られるのが何より嫌いなの。鈴村から逃げ回るんじゃなくて、鈴村に、私を殺させようとしたことを後悔させてやりたい」

「怖いね」

「そうよ。怒らせたら、女の方がずっと怖いの。憶えておいて」

「忘れないよ」

と、沢田は肯いて、「それで、とりあえずどうするんだ？」

「とりあえず――」

と、百合は沢田を抱きしめると、「こうしてから考えるわ……」


「八重です」

と、神田八重は、岩国からの電話に出て言った。

「どうした？　あのガキは片付けたのか」

と、岩国が言った。

「はい、あの人が、確かに」

「よし。上田をせかせるんだ。あの母親を脅して、射殺される覚悟で、と言ってな」

「かしこまりました」

「奴には支払いがある。こっちへ連絡しろと言っとけ」

「会長。あの人と直接連絡されない方がいいと思いますが。私が間に入ります」

「うん。そうか、それもそうだな。じゃ、そうしてくれ。現金は用意してある」

「そう伝えます」

「おい、八重」

「はい」

「子供をやるのは気が進まなかったろう。お前はやさしい女だからな」

「はい……。ですが、会長にはご恩が……」

「そう思っててくれればありがたい。——実はもう一つ、お前に頼みがあるんだ」

「何でしょうか」

「さっきも言ったが、只野って奴が警察へ逃げ込んでるんだ。鈴村が文句をつけてる。張本さんにも話してるかもしれん」

「その只野という男を……」

「お前は女だ。何か口実をつけて、警察へ入って行って、只野の口をふさげないか」

「それは容易なことでは……」

「もちろん、分っとる。だが鈴村がしくじってるのを、俺がうまくやってのけたら、VIPの中で俺の顔がきく」

「そうですね。頑張ってみます」

「うん、頼むぞ」

ケータイが切れた。

八重は息をついて、

「『あのガキは片付けたのか』と言ったわ……」

と、呟くように、「まるでゴミか何かみたいに」

「ゴミは岩国の方よ」

と、真弓が言った。

「そうですね……」

「一郎ちゃんが生きていることは、絶対に秘密にしておくんだ」

と、淳一が言った。「涼子さんがマドラスを狙う事件を起こさないと」

「もう何も怖くありません」

と、涼子は言った。「何でも言いつけて下さい」

16　緊急会議

重苦しい空気だった。

「あの……どうぞ」

ケイ子が、コーヒーを出したが、三人とも口をつけようとしない。

「失礼いたします」

ケイ子が居間を出ようとすると、

「奥さん」

と、鈴村が言った。「大臣はいつお帰りに？」

「もう着くころと存じます」

と、ケイ子は言った。

ＶＩＰの三人――鈴村、岩国、太田が、集められていた。

鈴村と岩国は、顔を合せても、口もきかない。――やがて、玄関に張本の声がした。

「揃っているか」

「はい、皆様おいでございます」

と、ケイ子が答える。

と、鈴村が言って、三人は揃って頭を下げた。

「――どうも、大臣」

「待たせたな」

と、張本は言った。

「何かお飲みになりますか」

と、ケイ子が訊く。

「いや、今はいい」

「はい。では私は失礼して……」

「うむ。用があれば呼ぶ」

「かしこまりました」

ケイ子が出て行ってドアが閉ると、

「いや、どうも……」

と、口を開いたのは、〈T海運〉会長の太田だった。「こちらのお二人が、ずっと怖いお顔で……」

「あんたはいいよ」

と、岩国が言った。「手を汚す仕事はやっちゃいないしな」

「そうおっしゃられても、私はただの〈運送屋〉ですから」

と、太田が言った。

「まあ待て」

と、張本が言った。「三人でうまく分担しなければ、この仕事はできない」

「問題は鈴村さんの使っている男がしくじったことです」

と、岩国は言った。

「そんな言い方はない。元はと言えば、岩国さんが、勝手にあれを使ったことです」

と、鈴村は言い返した。

「銃を受け取ったとき、『使うな』とは言われなかった」

「まさか、本当に人を撃つなどとは考えもしませんでしたよ」

「いい加減にしろ」

と、張本が凄みをきかせて言った。「今は、これからどうするかを考えるんだ」

鈴村と岩国は表情を歪めたまま、口をつぐんだ。太田一人が涼しい顔をしている。

「——問題は、まずその只野とかいう男が、例のライフルで人を撃った。そして、只野は殺されそうになって、警察へ逃げ込んだんだな」

「そうです」

と、岩国が言った。「何とかしようとはしていますが」

「何とか？　どうするんです？」

と、鈴村が呆れたように、「警察に爆弾でも仕掛けるんですか」

「あんたはやりそこなったんだ。黙っててくれ」

と、岩国が言った。

「一番の目標はマドラスだ。それを忘れるな」

と、張本が言った。「そっちはどうなってる」

「今夜中にも何とかしろと指示してあります」

と、岩国が言った。「子供を人質にされているので、必死でやるでしょう」

「うまくやったとして、女が捕まったら？」

「大丈夫です。元ＳＰの上田が女に付いていて、万一のときは射殺します」

「子供の方はどうする？」

「もう片付けてあります」

と、岩国はアッサリと言った。

鈴村が呆れたように岩国を見て、

「まるでヤクザだな」

と言った。

「悪いかね。あんただって、長いこと尽くして来た女を殺させたんだろ」

「好きでやらせたんじゃない」

「同じことだ」

張本がため息をついて、

「いいか。ここにいる者は、誰だって自慢できるようなことはしていないんだ。しかし、武器輸出という日本の大きなビジネスのために、裏ではこういう仕事が必要なんだ。そこをよく理解しておいてくれ」

「大臣、我々のことはご心配なく」

と、鈴村が言った。「自分たちのしていることは分っています」

「よし。――只野って男の言うことは、まともに取り合わないようにさせよう。警察には手を打つし、マスコミは何とでもなる」

と、張本は言った。「マドラスを確実にやらないとな。――N国の軍部が、クーデターを起こそうと待っている。マドラスの死が伝われば……」

岩国のポケットでケータイが鳴った。

「失礼します。――もしもし。――どうした？」

岩国の口もとに笑みが浮んだ。「そうか！　ちょっと待て」

岩国が得意げに、

「マドラスを仕止めたそうです」

と言った。「今、病院は大騒ぎだそうで」

「そうか。――よし、N国へ連絡を入れさせよう」

張本が立ち上ると、居間を出て行く。

岩国は、ケータイに、

「よくやった。――何？」

口調が変った。「女が――逃げたのか」

鈴村がニヤリとした。

「何とかしろ！　ともかく、子供に会わせろと言って来るだろう。どこかへ呼び出して、始末しろ」

と言って、岩国は通話を切った。

「予定通りには行かないものですね」

と、鈴村は皮肉っぽく言った。

少しして張本が戻って来る。

「――数時間の内に、軍部の中の反政府派が動き出す。マドラス死亡のニュースが流れれば、民主化勢力も分裂するだろう」

「ひと安心ですな」

と、太田が言った。

「全くだ。――では、今夜はこれで解散しよう」

と、張本は言った。


「お疲れさまでした」

と、ケイ子は言った。

「ああ……。全く、欲の皮の突っ張った奴ばかり相手にしているとくたびれる！」

張本はソファにドッカと身を沈めて、「おい、腹が減った！　何でもいい、すぐ食えるものはないか」

ケイ子は笑って、

「すぐ、とおっしゃっても……」

「お前、一人のとき、いつも何を食ってるんだ？」

「こしらえるのも面倒で、電子レンジで温めるだけのご飯に、レトルトのカレーをかけて食べたりしますけど……」

「それでいい！　早くやってくれ！」

「かしこまりました」

――十分ほどで、カレーライスができ上り、張本は一口食べると、

「こいつはいける！」

と、声を上げた。「今はこんなに旨くなったんだな、こういうものも」

張本はたちまちカレーを食べてしまうと、

「風呂に入る。――ケイ子」

「はい」

「どうだ。一緒に入ろう」

「あなた……。温泉じゃないんですから」

ケイ子は照れながら言った。

もちろん、張本は、一郎が母親の作ったカレーを夢中で食べたことなど知らなかった。

そして――マドラスが死んでいないことも。

「ありがとう」

と、マドラスは真弓の手を握った。

「大変だったのは病院の人たちですよ」

と、真弓は言った。

「いえ、楽しみました」

と、看護師長の八田恵が言った。「私、もともと女優志望でしたので」

淳一が目を見開いて、

「なるほど。『マドラスさんが殺された！』と叫んでいる姿は真に迫っていましたよ」

「ありがとうございます」

と、八田恵は微笑んだ。

マドラスは、入っていた病室から移っていた。――〈霊安室〉へ。

「リアルですが、少々ゾッとしますね」

と、マドラスは言った。

「ここなら安全です」

と、真弓は言った。「もちろん、厳重に警備しています」

〈霊安室〉で、「死んだ当人」を囲んでコーヒーを飲んでいる、というのは珍しい光景だった……。

「ところで、マドラスさん」

と、淳一は言った。「間もなく、あなたの死亡のニュースが流れます。N国にもむろん即座に伝わりますよ」

「もちろん承知しています」

「N国が混乱するのでは？」

「タイミングを測っています」

と、マドラスは言った。「私が死んだとなれば、軍部の中の、『反マドラス』がクーデターを起こそうとするでしょう。連中が動き出すのを待ちます」

「なるほど、誰が反乱を起こそうとしているかはっきりしますね」

「そこで、私が軍の民主的な面々に連絡して生きていることを告げ、クーデターを防ぎます」

「綱渡りですが、それしか方法はないでしょうね」

と、淳一は肯いた。「国民にも、無事を知らせる必要がありますね。どうやって？」

「ネットを使おうかと思っていますが」

「しかし、一般の人々には、むしろTVに出られる方が効果的では？」

「それはそうですが……」

「お待ち下さい」

淳一は〈霊安室〉を足早に出て行くと、少しして車椅子を押して戻って来た。

「大統領！　生きてらしたんですね！」

車椅子に座っていたのは、刺されて入院している江口のぞみだった。

「凄い！　大スクープだわ！」

「江口君」

と、淳一が言った。「大統領は、タイミングを測って、無事でいる姿を国民に見せる必要がある」

「はい」

「君の方で、これ、というTV局を選んで、ここへ呼んでおいてほしいんだ。できるかい？」

のぞみはちょっと考えて、

「TV局のプロデューサーで、仲良くしている女性がいます。事情を話さなくても、私を信じて、駆けつけてくれるでしょう」

「では、その女性と撮影チームを呼んでくれ。大統領が生きているとN国の国民に知らせるんだ」

「じゃ、BSの方がいいですね。任せて下さい！」

と、のぞみは張り切っている。

「おいおい、刺されてることを忘れるなよ」

と、淳一が半ば呆れて言った。

そこへ、

「失礼します」

と、佐竹涼子がやって来た。

「やあ、坊っちゃんが無事で良かった」

と、マドラスが言った。

「ご心配かけて」

と、涼子は言った。「で、私はどうすれば……」

「病院の中で待機していればいい」

と、淳一が言った。「向うが当然やって来るだろう。あなたを殺すためにね」

「死ぬのはあんまり得意じゃありませんけど」

と、涼子は言った。「一郎は助かりましたけど、死んだ人もいます。父のように」

涼子の後ろに上田が立っていた。道田刑事がそばに付いている。

上田が、涼子の言葉に、辛そうに目を伏せる。そのとき、上田のポケットでケータイが鳴った。

「——あの男からだ」

と、上田は言った。「——もしもし」

「女はそこにいるのか」

と、相手は言った。

「ええ、ここに。——子供は？」

「女を病院の北側の交差点に連れて来い。子供を返してやる」

「——分りました」

上田は通話を切った。「涼子君を殺す気だ」

「私、行くわ」

と、涼子は言った。

「危険だよ！」

「向うは私をおびき出そうというんでしょうけど、逆に、私が向うをおびき出すことでもあるわ。——真弓さん」

「罠を仕掛けましょう」

と、真弓は肯いた。

17　償い

深夜の交差点に、風が舞っていた。

「北側の交差点といえば、あそこね」

と、真弓が言った。「どっちから現われるか分らない。用心しないとね」

「大丈夫です」

と、涼子はすっかり落ちついている。「一郎を誘拐するなんて、絶対に許せないわ」

「僕が連れて行くことにしないと」

と、上田が言った。「どうしますか?」

上田は真弓に訊いた。

上田は、涼子の父、佐竹安次を殺して逮捕されているのだから、本来なら手錠をかけて拘束していなくてはならない。

「涼子さん、どうする?」

と、真弓は涼子に訊いた。

「二人で行かせて下さい」

と、涼子は言った。「上田さんは後悔していると思います」

上田は涼子に向って、

「ありがとう……」

と、頭を下げた。

涼子と上田が交差点へと行きかけると、

「待って」

と、真弓が止めて、「涼子さんを守るのよ」

と、拳銃を上田に渡したのである。

上田は胸を打たれたように、

「ありがとうございます」

と、声を震わせて受け取った。

「——おい」

と、淳一が言った。「あの銃は……」

「余分に持ってたのよ」

と、真弓は言った。

「いいのか、そんなこと」

「固いこと言わないで」

どっちが刑事か分らない会話だった……。

「──ここだな」

と、上田が交差点に来て足を止める。

人影のない交差点を見渡していると、上田のケータイが鳴った。

「──はい」

と、上田が出ると、

「その女を殺すはずだったぞ」

と、男が言った。

「それは……分っていますが、よく知っている人なので」

「まあいい。ともかく、マドラスを殺したことは認めてやる」

「彼女の子供は……」

「今、連れて行ってやる。その女を、子供のいる〈あの世〉へな」

車のエンジン音がして、カッとライトを点けて、黒い車が一台、交差点に向って突っ走って来た。

「危い！」

上田は涼子を背後にかばうと、真弓から渡された拳銃を抜いた。

車の窓から機関銃が火を吹いた。

同時に、上田たちの前に、透明なパネルが滑り出すように現われて、弾丸を弾いた。

車は交差点を突っ切ると、走り去ろうとしたが——。

車の行手には、闇に溶け込む黒い網が待っていた。細いが、頑丈な金属の糸でできている。

車は突っ込んで、網を破れずにスリップして横転した。

「上田さん！」

涼子は、上田がその車に向って駆け出して行くのを見て、

「危いわ！」

と叫んだ。

横転した車から、這い出して来たのは、上田に指示を出していた小太りな男だった。

「おい……」

と、やっとの思いで顔を上げる。「上田、お前……」

上田の拳銃が、男を狙っていた。

「上田！　貴様、裏切ったな！」

「どっちが裏切りだ」

と言って、上田は引金を引いた。

銃弾が、小太りな男の太腿を撃ち抜いた。男が悲鳴を上げる。

「殺しゃしない」

と、上田は言った。「しかし、痛みを知れ！」

そのとき、横転した車から、機関銃が発射されて、上田がよろけた。

「上田さん！」

と、涼子が叫ぶ。

銃声がたて続けに響いて、車の中の男がぐったりと倒れた。真弓たちが銃を手に駆けつけて来る。

「道田君！　上田を病院へ！」

「はい！」

真弓は車の中の男が死んでいるのを確かめると、路上で太腿から血を流して呻いている男へ、

「あんたも運んでやるわよ、病院に」

と言った。「でも、後回しになるのは覚悟しなさいね」

「助けてくれ……。出血が……」

と、男が呻く。

「――上田さん！」

涼子が、道田たちに運ばれて行く上田のそばについて、「あなた――撃たれに行ったのね！」

「涼子君……。これでいいんだ……」

と、上田は痛みを感じていないように、「お父さんに……会える」

と言った。

病院の廊下で、淳一は真弓がやって来るのを待っていた。

三十分も待っただろうか。

「――どうした」

と、淳一は訊いた。「死んだか」

「ええ」

と、真弓は肯いた。「弾丸が三発当って、一発は心臓のすぐ近くに。無理だったわ」

「上田自身、そのつもりだったろう」

「そうね」

「お前も――分ってたんじゃないか？」

真弓は答えなかった。

「あいつは会沢《あいざわ》って男だ」

と、淳一は言った。「殺しや誘拐、何でも汚ない仕事を金で請け負う。しかし、今回は少々の金じゃない。奴にとっても大仕事だろう」

「今、輸血してるけど、容赦しないわ。白状させてやる」

真弓の口調には凄みがあった。

廊下をやって来たのは涼子だった。

「真弓さん。——上田さんに言ってあげられました。『許してあげる』って」

「良かったわね」

「ええ。上田さんを殺したのも、岩国なんですね」

「そういうことになるわね」

「そんな人間が大企業の会長なんて！　日本は何て国なんでしょう」

涼子の声は怒りで震えた。

「相手が誰だろうが、証拠さえあれば手錠をかけるわよ」

「はい、信じています」

と、涼子は肯いた。

そこへ、

「真弓さん！」

と呼ぶ声がして、何と江口のぞみが、自分で車椅子を操ってやって来た。

「何してるの？　また出血するわよ」

「構やしません。例のTVのクルーが着きました」

「分ったわ。マドラスさんに伝える。待機してもらって」

「了解です！」

「ちょっと待って。——看護師さん！」

いくら何でも、危な過ぎるというので、のぞみの車椅子を押してくれるように、近くの看護師に頼んだ。

「俺は状況を見てくる」

淳一は、マドラスのいる〈霊安室〉に向った。

「なかなか、したたかだ……」

と、淳一は呟いた。

狙撃されたことを逆手に取って、反乱を起こさせて逮捕させる。ただの「国民のヒーロー」ではできないことだ。

政治には妥協が必要だ。マドラスもそれはよく分っているだろう。

しかし、大切なのは、方向を見失わないことなのだ。遠回りしても、常に目指す方向を見据えていることだ。

〈霊安室〉へ入って行くと、マドラスがケータイを手にしていた。

「――マドラスだ。――うん、画面を見てくれ」

TV電話モードにして、無事でいる姿を見せている。

「――分っている。クーデターの計画があることは知っているな？　今だ。それを潰すんだ。一人も逃すな」

マドラスの口調は、指導者の力に満ちていた。


「まだやるのかい？」

と、只野健は、大欠伸をして、「だったら眠気ざましに、コーヒーでも持って来てくれよ」

取調室で、健はすっかり安心し切っていた。

銃で狙われたときは、恐ろしくてパトカーに逃げ込んだが、警察の中なら安全だ。

そう思うと、殺されるという恐怖を忘れて父親を殺したことも否定していた。

「だったら、どうして狙われたんだ？」

と、取り調べの刑事に訊かれても、

「さあ。俺がホステスにもてるんで、妬いてる奴が撃ったんじゃねえのか」

と、とぼけて見せた。

「おい、課長が呼んでる」

と、担当の刑事が呼ばれて、

「分った。おい、おとなしくしてろよ」

と、健へ言っておいて、出て行く。

一人になったとはいえ、手錠はかけられているし、逃げ出せば、また狙われるかもしれない。逃げる気は全くなかった。

少しして、ドアが開くと、

「コーヒーの注文はこちら？」

と、紺のスーツの女が盆を手に入って来た。

「何だ、気がきくじゃねえか」

健はニヤリと笑って、「どうせならウイスキーが良かったな。オンザロックで」

「アルコールは禁止よ。コーヒー、いらないの？」

「いや、もらうよ」

健はあわてて言った。「ジョークだよ、ジョーク」

「ちゃんとていねいに淹れたのよ。インスタントじゃないわ」

と、カップにコーヒーポットから注ぐ。

「うん、いい香りだ」

と、健はコーヒーの香りを思い切り吸い込んで、「ブラックでもらうよ」

カップを取り上げ、ゆっくりと飲んで、

「——うん、旨い！　どこの豆だ？」

と、通《つう》ぶっている。

一気に飲み干して、

「ポットにまだ入ってる？」

「もう一杯分は」

「じゃ、もらうよ」

「はいはい」

と、カップを再び満たす。

健が二杯目を飲んでいると、女が、

「もう充分致死量だわ」

と言った。

健はカップを持つ手を止めて、

「今、何て言った？」

「毒薬が入ってるの。一杯だけなら、まだ助かったかもしれないけど、二杯目をそこまで飲んだら、もう無理ね」

と、女は言った。

　健は引きつったような笑いを浮かべて、

「おどかすなよ。俺は繊細なんだ」

「それなら分るでしょ。口の中に残る苦味がいやに強くない？」

「何だと？」

「手がしびれて来たでしょ」

　カップが床に落ちて砕けた。

「おい……。喉が……ヒリヒリする」

「大丈夫。効き目の強い薬だから、そう長く苦しまないわ。せいぜい十分」

「何とかならねえのか！」

　青ざめた健は冷汗をかいて、「病院だ！　医者を――」

　女はポケットから小さなびんを取り出し、

「これは解毒剤。あと一、二分の間に飲めば今は助かるわ。その代り、何もかも白状しなさい」

　と言った。

「おい！　先にその薬をくれ！　死んじまう！　頭がボーッとして来た」

「だめよ。父親を殺したことを認める？」

「分った！　認める！　認めるよ！」

健は真青になっていた。

「どうして父親を殺したの？」

「殺したかったわけじゃねえんだ！　ただ、ライフルの試し撃ちの的にしただけだ」

「自分の親を？」

「でも――当らねえと思ってた。でも、もし当ったら金をもらえることになってたから……」

「そのライフルって？」

「新製品だって言ってた。カラシ何とかいうライフルより、もっと軽くて、誰でも扱えて、よく命中するって聞かされて、俺はライフルなんか、撃ったこともねえのに、あそこで親父を撃った。そしたら本当に当っちまったんだ」

「そんなことで人を殺したの？」

「俺のせいじゃねえよ！　ライフルを俺に渡した奴がいけねえんだ」

「そんな理屈が通じるわけがないことくらい分るでしょ！」

「頼む！　解毒剤をくれ！　苦しいんだ！」

「――いいでしょう。口を開けて」

女は、健の口の中へ、びんの液体を注ぎこんだ。――健は飲み込んで、

「これで……助かるのか……」

と呟くと、バタッと机の上に伏した。

「あら。――気絶しちゃった」

ドアが開いて、真弓と淳一が入って来る。

「聞いてたわ」

と、真弓が言った。

「しっかり録音してあります」

と、女――神田八重が言った。「でも、本当に暗示にかかりやすい人ですね。コーヒーも、何も入ってなかったし、解毒剤って、ただのドリンク剤だったのに……」

「ライフルか」

と、淳一は言った。「それが鈴村の所で作られてるんだな。それにしても、試し撃ちを生きてる人間を相手にやらせるとは、無茶をするもんだ」

「このまま死なせる?」

と、真弓が言った。

「いや、こいつの話を大々的に流すんだ。その新しいライフルに、悪いイメージを作って、どこにも売れないようにする」

「なるほどね」

と、真弓は肯いて、「〈悪魔のライフル〉とでも名付けましょ」

「全くな。そんなもので商売をする国にだけはなりたくねえもんだ」

「本当ね」

と、真弓は言った。「そんなもの輸出するくらいなら、〈優秀な泥棒〉を輸出する方がまだましだわね」

18　映像

「ああ、やれやれ……」

と、張本は大きく伸びをした。

「お目覚めですね」

と、寝室を覗いて、ケイ子が言った。

「何だ、もう起きたのか」

「だって……。もう十一時ですよ」

「十一時？　昼の十一時か」

「ええ。ゆうべはずいぶん遅くやすまれましたから……」

と言って、ケイ子はちょっと目を伏せた。

「そうだったな」

と、張本は笑って、「言っとくが、半分はお前のせいだぞ」

「でも……」

「可愛い奴だ。——こっちへ来い。キスしてくれ」

「そんな……。もう起きられないと」

と、ケイ子が真赤になる。

「いいから、こっちへ来い」

と手招きして、張本は、おずおずとやって来たケイ子を抱きしめた。

「あなた……。もうお昼になります……」

「時間がたてば昼になる。その後は夜になる。当り前だ」

張本は大きく息をついて、「まあ、楽しみは次の夜に取っとくか」

「何か召し上りますか」

「トーストか何かでいい。どうせランチは議員会館だ」

二十分ほどで、張本は身支度をした。

十二時になると、秘書が迎えに来る。

トーストにバターの溶ける香ばしい空気が、テーブルに広がる。

「お前のいれるコーヒーは旨いな」

と、張本は言った。

「そうですか」

と、ケイ子は嬉しそうに、「教室に通って習ったんです」

「コーヒーのいれ方を？　そんな教室があるのか！」

と、張本が呆れたように、「何でも商売になる時代だな」

と言って、

「おい、ＴＶを点けてくれ。ＢＳだ」

「はい」

少し間があって、画面に出たのは、マドラスの顔だった。

一瞬、張本のコーヒーカップを持つ手が止った。――そうか。マドラスの死は、大きなニュースだからな。

「Ｎ国の皆さん」

と、マドラスがカメラに向って言った。「大統領、マドラスです」

英語でゆっくり話しているので、張本にも理解できた。

生前のビデオを流しているのだ、と思った。しかし――。

「私の死亡のニュースが流れ、ご心配をかけました。安心して下さい。私は生きています！」

何だと？　――これは、いつの映像だ？

「これは録画したものではありません」

と、マドラスは微笑んで、「その証拠に、今、首都C市では、にわか雨が降っていると聞いています。そして、ゆうべの強い風で、スーパーマーケットの大きな看板が倒れたことも知っています。けが人が出なくて良かった」

「まさか……」

張本は大きく目を見開いた。

「皆さんにご報告します」

と、マドラスは続けた。「私は日本の心ある人々の助けを借りて、命を守ることができました。何と感謝していいか、言葉もありません」

張本のケータイが鳴った。

「――どういうことだ！」

と、出るなり怒鳴った。

「分りません」

岩国の声は上ずっていた。「こんなはずが……」

「何とかしろ！」

と怒鳴って、張本は切ってしまった。

「あなた……」

「出かけるぞ。──しばらく戻らん」

「でも……。迎えの車が、まだ──」

「そうか」

張本のケータイがまた鳴った。

「鈴村か。どうなってる」

「今、確認しました。マドラスは生きています」

「つまり──」

「死んだというのは嘘の発表でした。それを信じて、クーデターを起こそうとした軍の幹部は、全員拘束されたそうです」

「罠を仕掛けたというのか？　あのマドラスが？」

「どうも、我々はマドラスのことを少々見誤っていたようです。おそらく、狙撃されたときから、計画していたのでは」

「何てことだ……。では、もうクーデターは……」

「失敗です。資金を出していたD社の会長も逮捕されたそうです」

鈴村もため息をついて、「どうやら、我々の計画も、根本から見直す必要が……」

「分っとる」

と、張本は言うと、「これから官邸に行って相談する」

「よろしく。あのライフルが売れないと、私も困ります」

「ああ、分っとる」

張本は不機嫌そのもので、TV画面でニッコリ笑うマドラスをにらんでいた。

「あなた」

と、ケイ子がやって来て、「お車が」

「うん……」

今さら焦っても仕方ない。

張本は、ダイニングの椅子に座り直すと、

「ケイ子」

「はい」

「もう一杯、コーヒーをくれ」

と、張本は言った。

何かに気を取られていると、注意力が散漫になるものだ。

ごく当り前のことだが、渦中の人間にとっては、「それどころじゃない」という思いが強くなる。――今は、早く何とかしなければ。

プライドは高くても、実は気の小さな鈴村は、車が〈K製作所〉のビルの前に着くと、運転手がドアを開けるのを待たずに、自分でドアを開けて、車から出た。

この日に限って、出社が昼過ぎになった。

TVで、マドラスが生きていたというニュースを見て気が動顚《どうてん》していた。張本と話しても、一向に落ちつけなかった。

車を降りるとき、鈴村の頭には、あの新型ライフルの大量輸出の計画が泡と消えるかもしれない、という恐怖に近い思いがふくらんでいた。

もちろん、ライフルは、マドラスをクーデターで倒した新しい軍事政権が大量に購入してくれることになっていたのだ。それが実現しないとなると――一体どれくらいの損害になるだろう？

他の国へ売るとしても、これから交渉に入ったのでは、金になるのはいつのことか――。

鈴村の頭は、損害額の数字で一杯だった。

「あ、社長――」

秘書の声が耳に入ったが、全く気にとめなかった。

急げ。ともかく早く手を打たなくては。

ビルの車寄せは、大理石の床が欠けて、貼り直す工事をしていた。一旦はがした所に、板を渡して通るようにしてあったのだが、鈴村は足下のことなど全く見ていなかった。

その結果、右足は板の上、左足は板を踏み外していた。バランスを失った鈴村は、

「おい……」

と、誰を呼ぼうとしたのか、自分でもよく分っていなかったのだが、思い切り仰向けに倒れて、後頭部をしたたか打ちつけてしまった。

「社長！」

秘書と運転手が駆けつけた。

「大丈夫ですか！」

「ああ……。どうしたんだ？」

鈴村は二人に支えられて、何とか立ち上った。そして、足下を見ると、

「何だ、これは？」

「大理石が欠けてしまって、今、貼り替えを——」

「誰がそんなことをやらせた！」

と、鈴村は怒鳴った。「俺に断りもなしに勝手なことを！」

冷静に考えれば、いちいちそんな細かいことで社長の許可を取ったりしないぐらい

のこと、分るのだろうが、今はただ苛立っていたのである。

「手を放せ！」

と、支えてくれていた二人の手を振り切ると、大股にビルへと入って行ったが――。

「おはようございます」

と、正面の受付の女性が言った。

「うん。おは――」

そこまで言って、鈴村はその場に突っ伏した。さっきは後頭部、今度は額を床に思い切り打ちつけたのだ。

「社長！」

秘書が受付の女性に、「救急車だ！」

と怒鳴った。


「マドラス大統領が死去したとのニュースが誤報であったと分り、喜びにたえません」

書いたメモを読み上げる張本の表情は、少しも嬉しそうではなかった。

そして、

「今後も、日本とN国の友好関係は変ることはないものと信じております」

と、ますます仏頂面になって続けた。

記者会見の席で、「総理の代理」として張本が現われたことに、戸惑いがあった。

しかし、張本は、記者の質問が出る前に、

「忙しいんだ。質問はなし」

と言い捨てて、サッサと会場を出て行ってしまった。

「どうなってるんだ？」

と、いつもはおとなしい記者たちも、さすがに不平を言っている。

K新聞の関原は、張本が読み上げるのを録音していたので、社に戻ってパソコンに打ち込もうと立ち上った。

ケータイが鳴って、

「はい、関原」

と、面倒くさそうに出ると、

「見てたわよ、ネットの中継で」

「え？」

「どうして、何も質問しないの？　N国でクーデター未遂があったことも、日本政府が裏で糸を引いてたことも、海外のニュースでやってるじゃない。日本の記者が黙っててどうするのよ！」

しかし、関原は呆然としていた。聞いたことの中身よりも、

「のぞみ？　江口のぞみ君？」

「分った？」

「君……生きてたのか！」

「死んだことにでもしないと、危険だったからね。何しろ誰も守っちゃくれないから」

「良かった！　今、どこだい？」

「私のことなんかどうでもいいの。ちゃんと記者の仕事をして」

「そんなこと言われても……」

「自分の足で歩いて、ネタを見付けなさい。――でも、待ってると定年になっちゃいそうだから、教えてあげる。〈K製作所〉が極秘に作った新型ライフルのこと」

「何だい、それ？」

説明する前に、のぞみがため息をつくのが聞こえて来た。

レストランの奥の個室へ入ると、

「どうしたんだ」

と、張本は眉をひそめて、「鈴村は来てないのか」

岩国と太田の二人がコーヒーを飲んでいたのである。

「連絡がつかないので」

と、太田が言った。「何度か、ケータイにかけているのですが」

「どういうつもりだ！」

と、張本は不機嫌そのものの様子で、「おい、コーヒーだ！」

と、大声で言った。

「あ、今、ケータイが」

と、太田が言った。「鈴村さんじゃありませんね。――もしもし？」

向うの話を聞いている内に、太田が目を見開いて、

「――分りました」

「どうした？」

と、張本が言った。

「それが……鈴村さんが亡くなったそうです」

張本と岩国は、しばらく言葉を失っていたが――。

「何と言った？」

さすがに、張本の声はかすれていた。

「鈴村さんが、自社ビルのロビーで転倒して頭を強く打って亡くなったと、秘書の人

からです」

と、太田は言った。

「——馬鹿な奴だ」

と、張本はひとり言のように呟いた。

「とんでもないことになりましたな」

と、岩国が言った。

「起ったことは仕方ない」

と、張本はあえて力をこめて言った。「人間、いつかは死ぬんだ」

「はあ」

コーヒーが来て、張本は一口飲んだが、

「何だ、これは？　ケイ子のいれるコーヒーの方が、ずっと旨い」

ともかく、何にでもかみつきたいのだ。

「——話し合いはどうします」

と、太田が言った。「鈴村さんがいないのでは……」

「待っていても、来ないんだ。死んだんだからな」

と、張本は分り切ったことを言って、「代りに誰かを選ばんとな。〈K製作所〉が消えて失くなるわけじゃない」

「しかし、今すぐというわけには……」

と、太田が言った。

「ああ。――仕方ない。今日はこれで解散しよう」

「ですが、マドラスについては……」

と、岩国は言いかけて、口をつぐんだ。

マドラスを殺しそこなって、しかも死んだという偽の情報に騙されてしまった岩国としては、下手なことを言って、張本を怒らせるのが怖かった。

「それでは、私はお先に失礼します」

と、太田が立ち上った。

――先にレストランを出た太田は、

「潮時だな」

と呟いた。

鈴村が死んで、マドラスは生きている。それは岩国のしくじりだろう。

太田は〈VIP〉から、もう脱けようと思った。鈴村がいなくなり、岩国にも警察の手がいつ伸びるか分らない。

首相は、張本の失敗と思うだろう。

「道連れはごめんだ」

と、太田は車に乗り込んで言った。「自宅へやってくれ」

幸い、太田は手を汚していない。――こうなったら、マドラスのN国を相手に、商売することを考えよう。

太田は、車の座席に、ゆったりと寛いだ……。


こうなったら……。

〈T海運〉の太田が「乗り換え」を考えていたころ、もう一人の〈VIP〉、岩国もかなり思いつめていた。

「こうなったら、思い切った手に出るしかない」

政界とのつながりを持っているという自信から、鈴村より至って呑気だった岩国だが、さすがに、「マドラスを殺しそこなった」という大失敗、さらにマドラスの罠にまんまと引っかけられてしまったこと……。

「こいつはかなりやばいぞ」

と、焦っていたのである。

張本からの信頼も揺らいでいるだろう。

しかし――神田八重がすっかり岩国を見限っていたのに、岩国の方はまだ八重が裏切ったのかどうか半信半疑のままだった。

「おい」

と、車のドライバーへ、岩国は命じた。「〈クラブX〉へやれ」

「は？」

いつものドライバーで、岩国のわがまま勝手には慣れているが、それでも、「〈クラブX〉ですか？　まだ時間が……」

「いいからやれ！」

「かしこまりました」

岩国は座席に寛いで、

「ちっとは息抜きしなきゃ戦えん」

と、自分へ言い訳していた。

いや、考えをめぐらせたが、そんな場合ではないのだ。

このままで、「生き残る」ためには、張本の最大の目的。――マドラス大統領を、今度こそ暗殺するしかない。

それをやってのければ、元々の計画を変更することもなく、張本は岩国に頼ってくるようになるだろう。

「そうだ……」

何も張本にこだわる必要はない。要は今の政権としっかりつながっていれば、張本の言うことを聞かなくてもいい……。

　張本は確かに大臣だが、そんなポストはいつコロッと変えられてしまうかもしれない。となると、たとえ張本が失脚しても大丈夫なように、「保険」が必要だ。

　――もちろん、当の大臣は、〈ＶＩＰ〉の生きている二人が、どっちも自分を見放しつつあることなど、想像もしていなかったのである。


「――え？」

　思わず、その声しか出なかったのは、松永百合としては珍しいことだった。

「どうかしたか？」

　と、沢田が訊いた。

　ホテルの一室で、沢田はルームサービスで取ったカレーを食べていて、百合は部屋のＴＶを見ていた。

「――死んだって」

　と、百合がＴＶを見たまま言った。

「マドラスが？　生きてたんじゃないのか」

「違うわよ！　死んだのは鈴村」

　カレーを食べる手が止って、沢田は、

「何だって?」

と、TVの方へ体を向けた。

TVには、どこかのパーティで張本と談笑する鈴村の映像が出ていた。すぐそばには岩国も立っている。

「どうしたって?」

「転んで頭を打ったんですって」

と、百合はまだ呆然としている。「まさか……マドラスみたいな、『やらせ』じゃないわよね」

「だって……そんな嘘ついて、どうするんだ?」

「そうよね……。じゃ、本当に死んじゃったんだわ」

と、百合は大きく息を吐いて、「何てことでしょ。——勝手に死ぬなんて!」

「全くだな。しかし、岩国の方はそううまく行かないだろうぜ」

「分ってるわよ」

百合は顔をしかめて、「もっと鈴村をいたぶってやりゃ良かったわ」

「まあ、落ちつけよ」

と、沢田はテーブルを離れて、百合のそばに座ると、彼女の肩を抱いて、「お前が手を下すまでもなく、天罰を受けたのさ。そう思えば、良かったじゃねえか。鈴村を殺して刑務所へ行かなくても済んだわけだ」

「鈴村が気をつかってくれたわけじゃないことは確かね」

と、百合が言った。「でも、これからどうしよう……」

沢田は少し間を置いて、

「――鈴村が死んで、俺との縁も切れたわけだ」

と言った。「ここらで、物騒な商売から足を洗えってことなのかもしれないな」

「銃を捨てる？」

「ああ。――少しいやけがさしてたんだ。どう思う？」

「私は……。あなたを養ってあげてもいいわよ」

「嬉しいね。俺は怠けてるのが一番性に合ってるんだ」

と、沢田は笑った。

沢田のケータイが鳴った。

「――誰だろう？　――もしもし？」

と出た沢田はちょっと眉を寄せて、「待ってくれ。どこで俺のことを――」

そして、しばらくの間、沢田は向うの話に耳を傾けていた……。

19　道筋

〈K製作所がひそかに開発！〉

〈カラシニコフより軽く、安く！　鈴村社長の指示でやむを得ず、と社員〉

〈すでに大量生産の準備が！　買手はどこ？〉

〈死の商人との非難が！　K製作所の株価下がり続ける〉

張本はリモコンでTVを消した。

「勝手な奴らだ！」

と、張本は八つ当りするように、「兵器を作ってるのは〈K製作所〉だけじゃない。ほとんどの重機メーカーは兵器生産に手を染めてるんだ！」

そう怒鳴ったところで、聞いているのは、妻のケイ子だけだった。

「あの……」

と、ケイ子はおずおずと言った。「何か召し上りますか？」

「いらん！」

と、張本は強い口調で言って、「――すまない。お前に当っても仕方ないのにな」

「いいえ。私で良かったら、どうぞ当って下さい」

「――そうだ。またコーヒーをいれてくれるか」

「分りました」

ケイ子は嬉しそうに、キッチンへ入って行った。張本の顔から笑みが消えて、再び渋い顔になる。

マンションから、この三日、張本は一歩も出ていなかった。

鈴村の死で、〈K製作所〉はガタガタになり、新型ライフルについての情報が次々に流出した。

ライフルを、N国の反マドラス勢力が大量に買い入れることになっていたのも、TV局がスッパ抜いた。

以前なら、張本がにらみをきかせて、TVも新聞も何でも言うことを聞いていたものだが、今、張本が「マドラス暗殺計画」に加わっていたのではないかというニュースが、堂々と流されている。

首相から、

「しばらく顔を出すな」

と指示されたとき、張本は青ざめた。

首相は俺を見捨てるつもりだ。——そう直感した。

岩国は、只野とのつながりが明らかになって、「でたらめだ！」と否定しているものの問題のライフルで人を殺させた責任を負わされたそうだ。

そして〈T海運〉の太田は、張本の呼出しにも、平然と、

「ちょっと忙しいもので」

と断ってくる。

「——どうぞ」

ケイ子がコーヒーを出す。

「ありがとう」

張本は、やっと少し穏やかな表情になって、

「お前のコーヒーの味はいつも変らん。旨いよ」

と言った。

「ありがとうございます」

「他人行儀だぞ。お前は俺の女房だ」

「分っています」

「全く……。人間、信用できるのは女房だけかもしれんな。散々面倒をみてやった連中が、どんどん離れて行く」

と、張本はため息をついた。

「あなた……。思いつめないで下さい」

「ケイ子……」

張本は、ケイ子の腰に手を回した。

そのとき、ケータイが鳴った。

「誰でしょう？　私のケータイだわ」

ケイ子が出て、話を聞くと、「――あなたに、です」

と、張本へ差し出す。

「俺に？」

張本はちょっといぶかしげに、ケイ子からケータイを受け取った。「――張本だが」

「ああ、私だ」

少し鼻にかかったその声は聞き間違えようのないものだった。

「総理！　これはどうも――」

「奥さんのケータイへ、すまない」

「いえ、それは――」

「君のケータイへかけて、記録が残るといかんと思ってね」

「もちろんです。よく分ります」

本当はよく分からなかったのだが、ともかく首相からかかって来たことが、張本の胸を熱くした。

「色々予定通りに行かないことはあったが、我々の基本的な方針は変らない。君が、もし不安に思っているといかんと考えたのでね」

「とんでもない！　私は総理をどこまでも信頼申し上げております！」

「そう無理をするな」

と、特徴のある笑い方をして、「私のことを疑って当然だ。しかし、改めて言っておく。君と私は決して変ることのない同志だ。信じてくれ」

「恐れ入ります。わざわざそんなことを……」

「いや、それだけで電話したのではない。ひとつ頼みがあってな」

「何でしょう？」

「例のマドラスだ。何といっても、彼が生きている限り、我が国の武器輸出がスムーズに運ばない」

「全くです」

「当面、我が国には積極的に兵器を世界へ売り込むつもりがないと各方面に印象づける必要がある。分るな？」

「なるほど、おっしゃる通りです」

「その意志を表わすために、マドラスを病院に見舞って、親しく話をしてほしい。むろん、マスコミを入れてのパフォーマンスだが」

「かしこまりました！　そのお膳立ては――」

「あくまで君個人でやってくれ。私は知らなかったことにする。君の人気がそれで盛り返すだろう」

「そうですね」

「よろしく頼む。君が、次にマドラスと私の会談の橋渡しをする。それが一番適切な流れだろう」

「了解しました、総理！　早速手を打ちます」

「うん。奥さんにもよろしく言ってくれ」

「かしこまりました！」

ケータイをケイ子へ返す張本の表情は、さっきとは打って変って活き活きしていた。

「あなた……」

「これで、巻き返してやれるぞ。俺は、まだまだ終りじゃない！」

「よほどいいお話が……」

「そうさ。お前のケータイは縁起がいい」

そう言って、張本は豪快に笑った。

「図々しい！」

いきなり江口のぞみが言った。

「何か言ったかい、俺が？」

と、淳一がふしぎそうに訊くと、

「あ、違います！」

と、のぞみはあわてて、「淳一さんのことじゃないですよ、もちろん」

「そいつは良かった」

と、淳一は微笑んで、「しかし、そうして腹を立てる元気がありゃ、傷の治りも早いだろうぜ」

「もうマラソンだってできます」

「無茶言うな」

——江口のぞみの病室である。

重傷だったのぞみだが、マドラスをめぐる報道で活躍したのが何よりの薬になったとみえて、今は車椅子でなく、杖を突いて歩けるようになっていた。

「で、何を怒ってたんだ？」

「あ、そうだ！　肝心のこと」

と、のぞみが言った。「私のオフィスを通して、マドラス大統領を見舞いたいって言って来たんです！　図々しいと思いません？」

「――誰が？」

「あれ？　言いませんでした？　張本大臣です」

「なるほど」

と、淳一は肯いて、「今度はマドラスにうまく取り入ろうってわけだな」

「ねえ。ふざけるな、って言ってやりましょう」

「まあ、落ちつけ。マドラスは頭のいい男だ。今、張本と日本政府に恩を売っておけば、何かと有利になると考えるだろう」

「そうですか？」

と、のぞみが不満そうに言った。「でも、どう考えたって、マドラス大統領を暗殺させようとしたのは、張本ですよ」

「そこが政治ってものさ。大丈夫。マドラスは決して国民を裏切らない」

「はい」

と、のぞみは肯いて、「じゃ、ＯＫの返事を……」

「そうだな」

「で、私の独占取材ってことで」

「ちょっと欲張りなんじゃないか？」

と、淳一が苦笑した。

「あら、二人で楽しそうね」

と、病室へ入って来たのは真弓である。

「お邪魔だった？」

「張本の話をしていたのさ」

と、淳一は言った。「まず、マドラスの気持を訊くのが先だな」

「そうでした！」

のぞみはケータイを取り上げた。

「おい、マドラスのケータイを知ってるのか？」

「もちろん！　私、マドラスちゃんの彼女なんですもん」

のぞみはケータイでマドラスと話していたが、

「――OKですって。どこにしましょう？」

「入院中だぜ。病室じゃ何だから、この病院のロビーあたりでどうだ？」

「分りました！　じゃ、明日にでも、早速！」

とてもけが人とは思えないのぞみである。

「そういえば」

と、真弓が言った。「岩国が〈M商事〉の会長を辞めるそうよ」

「それで逃げられると思ってるのか」

「誰が逃がすもんですか！」

と、真弓がニヤリと笑って、「うんと冷汗をかかせてやって、十キロぐらいやせたら逮捕してやるわ」

「高飛びされないように気を付けろよ」

と淳一が言った。

「本当だわ！」

真弓はハッとした様子で、「道田君に言って、もし岩国が飛行機で逃げようとしたら、ミサイルで撃ち落とさせなくちゃ！」

「無茶言うな」

と、淳一は苦笑した。「ああいう、権力を振りかざすのに生きがいを感じてた人間は、もう誰も自分の言うことを聞いてくれない、と知るのが一番辛いんだ」

「そうですね」

と、のぞみは肯いて、「マドラスちゃんみたいな人は珍しい」

「確かにな。しかし、マドラスも人間だ。自分が絶対的な権力を握ったとき、人が変らないとも限らない」

「まさか！」

「そうは思うがな」

「万一、マドラスちゃんがそんな風になったら、私が乗り込んで行って、お尻を叩いてやります」

その光景を想像して、淳一も真弓もふき出してしまった……。


「何ですって？」

と、松永百合は言った。「マドラスを撃つ？　本気なの？」

沢田は自分のライフルの手入れをしていた。

「仕事の依頼さ。相手が誰でも関係ない」

と、沢田は言った。

「でも――」

「これを片付けたら、一億の金が入る」

「一億円？」

「ああ。それだけありゃ、この仕事から足を洗って、のんびり生活できる。どうだ？」

「それはいいけど……。でも、マドラスを殺すとなったら、きっとやらせるのは張本とか岩国たちの一派でしょ。あの連中が、本当にお金を払って、あなたを見逃すと思う？」

沢田はニヤリと笑って、

「心配するな。俺がそれを考えないと思ったのか？」

「そうね」

と、百合はホッとしたように、「あなたを信じてるわ」

「ああ。信じてくれていいぜ。俺のライフルの腕をな」

沢田は、そう言って、ライフルの銃身を撫でた……。


「これはどうも」

ベッドに起き上って、本を読んでいたマドラス大統領は、病室に入って来た淳一を見て、会釈した。

「読書のお邪魔をして、申し訳ありません」

と、淳一は言った。

「いえ、とんでもない」

マドラスは本は閉じると、「時に、明日――」

「張本大臣が見舞に」

「ええ、ご存知でしたか」

「お会いになるのですね」

「そうですね。必要以上に親しくするつもりはありませんが」

と、マドラスはちょっと厳しい表情になって、「国でクーデターを起そうとした軍部のメンバーは、張本大臣と結びつきがあるのです」

「そこまで調べてらっしゃるんですか」

マドラスは微笑んで、

「軍の幹部は、立派な邸宅に住んでいますのでね」

と言った。「大邸宅には大勢の使用人がいます。その中には、私を支持してくれる者が少なからずいますので。毎日配達される郵便やメールを目にすることも」

「なるほど」

と、淳一は肯いた。「ところで、明日の張本の見舞ですが、首相の指示によるものです」

「なるほど。それは分りますが、よくご存知ですね」

「まあ、張本は首相の指示と信じている、というのが正確でしょう」

「ほう」

マドラスは興味を示して、「すると実際は……」

そこへ、病室のドアの所から、

「マドラス大統領の一日も早い退院を、日本国民を代表してお祈りしております」

と、声がした。

「その声は……首相ですか？」

と、マドラスが驚くと、

「ご紹介します」

と、淳一は言った。「入れよ。——この男は、かつて泥棒だった草野広吉といいます」

「ほう。では、今の声はこの人の？」

「そうです。草野の泥棒時代の特技は、人の口真似をすることでして。特に今の首相の真似に関しては、大したものなのです」

「待って下さい。——草野さん？　私が狙撃されたとき、誤って逮捕された女の子がいましたね」

「はい、私の孫娘です」

「そうでしたか！　それは気の毒なことをしましたね。私のせいで、巻き込まれてしまって、すみませんでした」

マドラスの言葉に、草野はどぎまぎして、

「そんな……。あなたさまのせいじゃございませんから……」

「いや、やってもいないことで捕まるというのは、本当に悔しいことです。私も何度かそんな目にあっていますが、私を捕まえた警官を殺してやりたいと思いましたよ」

大統領の言葉に、草野は涙ぐんで、

「ありがとうございます」

と、頭を下げた。

すると、入口の方から、

「偉い！」

と、声がした。「さすが、私のマドラスちゃん！」

江口のぞみである。

「立ち聞きか」

と、淳一は言った。

「いいえ！　これは取材です」

と、のぞみは言った。

「そんなに大統領と仲がいいのなら、ひとつ頼みたいことがある」

と、淳一は言った。

「何ですか？　マドラスちゃんのためなら、何でもやっちゃう！」

「その意気だ。——明日、張本大臣と大統領がロビーで面会するときに、ちょっと頼みたい」

「何ですか?」

「なに、大したことじゃない」

と、淳一は言った。「ただ、もしかすると殺されるかもしれない、ってだけだ」

のぞみが目を丸くした。

20　決定的瞬間

ロビーには昼の日射しが溢れていた。

ロビーを取り囲むように、主なTV局のカメラが並び、リポーターがマイクを手に、今の状況を解説している。

さすがに「独占取材」というわけにいかないので、のぞみが、各TV局に連絡を入れたのである。

その代り、マドラス大統領への直接取材はのぞみの「独占」となって、今は杖を突きながらもマイクを手に、待ち構えている。

「――今、張本大臣の車が、正面玄関に到着したとのことです」

と、のぞみが言った。「間もなく、マドラス大統領も、このロビーに現われるでしょう」

そう言い終えたとき、ちょうどマドラスがシルクのガウンを着て、車椅子でロビーへ入って来た。押しているのは、真弓である。

「マドラス大統領です！　大変血色も良く、お元気そうです！」

のぞみの声が一段と高くなる。そして、ロビーには拍手の音が広がった。

医師や看護師も大勢集まって来て、マドラスの回復を祝っている。

マドラスは穏やかな笑顔で、それに応えて会釈した。

正面玄関の方から、SPに伴われて、張本がやって来た。すぐ後ろに、花束を抱えた若い男性の秘書が続く。

TVカメラが一斉に回り、カメラのシャッター音が雨音のように響いた。

張本はロビーへ入って来ると、秘書から大きな花束を受け取り、車椅子のマドラスへと歩み寄る。そして、ちょっと咳払いをすると、

「マドラス大統領、わが国で負傷されたことは大変に残念なことでした。しかし、今こうして、元気なお姿を拝見し、日本政府を代表して、心よりお祝いを申し上げます」

と言った。

そして、花束をマドラスに渡す。

「ありがとう」

のぞみが傍から差し出したマイクに向って、マドラスが言った。「私は、祖国と日本の良き人々に守られています」

マドラスの言葉に拍手が起る。

マドラスが花束を左手で抱えて、右手を差し出した。

「大変大きな喜びです」

と、張本は、マドラスと握手した。

そのとき、シュッという音と共に、花束の花が飛び散った。

「――ん？」

張本は体を起した。

花びらが飛び散る前に、ビシッという音がしていたことに、ほとんど誰も気付いていなかった。

もう一度、ビシッという音がすると、ロビーのガラス張りの壁に穴が開いて、今度は張本の上着の袖口がちぎれた。

「狙撃だ！」

と、誰かが叫んだ。

「大統領！」

と、のぞみが杖を投げ捨てて、車椅子に覆いかぶさるようにしてかばった。

もう一弾がガラスを貫くと、張本の耳もとをかすめて、血が飛んだ。

「ワッ！」

張本が耳を押えて、「俺を――俺を殺そうとしてる！」

張本が顔を紅潮させて、

「畜生！」

ビシッ、ビシッとたて続けに弾丸が飛んで来て、床にはねた。一発は張本のズボンの太腿の辺りを裂いた。

ＳＰは突然のことで動けずにいた。――張本は、

「何とかしろ！」

と怒鳴った。

そして――張本は、マドラスをかばっていたのぞみを引きはがすようにして、自分の前に引き寄せ、楯《たて》にしたのだ。

「大臣！　何するんですか！」

と、のぞみが叫んだが、

「うるさい！」

と、張本はのぞみを両手でしっかり自分の体の前に押えつけた。

ＳＰがやっと駆け出したが、どこから撃っているのかも分らないので、右へ左へ、やみくもに駆け回るばかりだった。

「大臣――」

と、のぞみが言いかけたとき、ビシッともう一発の銃弾がガラスに穴を開け、のぞみの肩に血が弾けた。

「アッ！」

と、のぞみが叫ぶ。

「早く隠れなさい！」

と、真弓が張本へと駆け寄って、「大統領を！」

看護師がマドラスの車椅子を急いで押して行く。

真弓は張本をロビーの隅の衝立のかげに押しやると、のぞみを抱きかかえて、

「早く手当を！」

と叫んだ。

医師と看護師が走って来て、のぞみをストレッチャーに乗せると、ガラガラと押して行った。

「あなた――」

「うん。狙撃は向うのビルの上からだ」

と、淳一は言った。「もう見えない。――大丈夫ですよ、大臣」

SPたちがあわてて正面玄関へと走って行く。

「どうして俺が……」

張本はよろけながら立ち上った。

ケータイが鳴った。

「――張本です」

「何をやってる！」

と、怒鳴り声が飛び出して来た。

「総理、ご指示の通りに――」

「勝手をしおって！　誰がマドラスを見舞えと言った！」

張本が愕然とした。そして、静かなロビーには、向うの声もよく聞こえた。

「しかし、総理――」

「二度と俺の前に顔を出すな！」

切れてしまったケータイを、張本は呆然と眺めていた。

「――大臣」

と、リポーターの一人が言った。「若い女性を楯にして隠れるって、ひどいじゃありませんか」

「何だ？」

張本は、首相からの電話に、半ば放心状態だった。

「今の女性は――」

「ああ。――いいんだ」

「いい、って……」

「俺は〈ＶＩＰ〉なんだ。国のために……必要な人間だ」

「ですが……」

「帰る！　おい、どこにいる！」

秘書が、隠れていたソファの後ろから這い出して来た。

「先生……」

「何をしている！　車を回せ！」

「はい！」

と、秘書は言ったが、「あの……腰が抜けて、立てません……」

張本は、憤然として、ロビーから出て行った。

ＴＶ局のカメラはその後ろ姿を追って、

「若い女性のかげに隠れるなんて、ひど過ぎます！」

と、女性リポーターが声を上げる。「こういう人が大臣でいいのでしょうか！」

他のリポーターも、一斉に今の出来事をリポートし始めた。


「大丈夫か？」

と、淳一が訊くと、ベッドの上ののぞみは、

「はい」

と肯いた。「少し痛みますけど」

「仕方ない。全く傷がないんじゃおかしいからな」

「ええ、分ってます」

撃たれた肩には今、ガーゼが当ててあった。

「でも、凄い腕前ですね」

と、のぞみは言った。「私のブラウスの下に仕込んだ、血の入った袋を撃ち抜くなんて」

むろん、その袋の下には、防弾のパネルがあったのだが、ライフルの銃弾は、肌に少し食い込んで出血させていた。

「効き目はありましたか？」

と、のぞみが訊く。

「ああ、今日のワイドショーは、君を楯にして隠れている張本の絵で二十分はもつだろうな」

「淳一さんから聞いてはいたけど、ああうまくいくなんて……。これで張本も――」

「もう政治家としてやっていけないだろうな」

と、淳一は言った。「それに、首相の評価もガタ落ちだ。何しろあのロビーでの出来事が生中継されてたからな」

「痛い思いをしたかいがあった！」

と、のぞみがニッコリ笑った。

するとそこへ、

「のぞみ！」

と、駆け込んで来たのはK新聞の関原だった。

「関原さん。来てくれたんだ」

「TVで見てて、びっくりして……」

と、関原は言った。「君……大丈夫なの？」

「ええ。そんなにひどい傷じゃなかったの」

「そうか……」

関原が大きく息を吐いた。

「じゃ、僕は遠慮しよう」

と、淳一が行きかけると、

「いや……のぞみ。打ち明けることがあるんだ」

「何のこと？」

「実は……大学の後輩の女の子と結婚することにしたんだ」

「え？」

のぞみが目を見開いた。

「君の活躍する姿を見ててね、僕はとても君にふさわしい男じゃないって分ったんだ。君にはもっといい相手が現われる。――活躍を祈ってるよ」

「あ、そう……」

と、のぞみはポカンとして、「どうぞ、お幸せに……」

「うん、ありがとう。早く元気になってくれ」

関原は、のぞみの手を握って、「それじゃ」

と、行ってしまった。

「――私、今、失恋したんですかね？」

と、のぞみは言った……。

スポーツジムの帰り、という様子の二人だった。

明るい日の差し込むパーラーで、一人が大きなスポーツバッグを足下に置いた。

「お疲れさま」

と言ったのは、バッグを持って来た男、淳一だった。

「どうだった？」

と、相手は訊いた。

「みごとだ」

と、淳一は肯いて、「舌を巻いたよ」

「あんたにはかなわないよ」

と、沢田は言った。

「まあ、いい勝負、ってことにしておこうじゃないか」

と、淳一は言った。「お互い、プロの立場で話をつけた。約束通りだ」

「このバッグ？」

「ああ。中を確かめるか？」

「まさか。あんたを信じてるから引き受けた仕事だ」

「一万円札一枚も欠けちゃいないよ」

「ありがとう。——これで足を洗える」

「あの鈴村の秘書と一緒なんだな？」

「何でも知ってるんだな」

と、沢田は微笑んだ。

「二人で、新しい生活を始めてくれ」

「うん、そのつもりだ。——だが、どうやってこんな大金を？」

「大丈夫。汚ない金じゃない」

と、淳一は言った。「あるものを売った代金だ」

「あるもの？」

「例の鈴村の所で作ったライフルの設計図さ」

「それを売ったのか？」

「ああ。ただし、ちょっと手を加えてな。図面の通りに作っても、使いものにはならない」

それを聞いて、沢田は笑って、

「いや、あんたは大した人だ」

と言った。

病院のロビーを、向いのビルの屋上から狙ったのは沢田である。マドラスを撃つのでなく、張本を怖がらせて、江口のぞみのかげに隠れるように持っていく。

淳一の計画通り、張本はのぞみを楯にした。

もちろん、ほんの数センチずれたら、のぞみが死んでいたかもしれないが、淳一は沢田の腕に託したのである。

そして、淳一は約束通り、一億円を持って来た。

「一つ、確かめさせてくれ」

と、淳一が言った。「あの江口のぞみを刺したのは、松永百合だったのか?」

「いや、彼女はやってない。刺したのは、岩国の雇っていた男で、あの神田八重が子供を守るために殺した奴だ」

「なるほど」

と、淳一は肯いた。

「ただ、百合は血痕などの始末を命じられていたんだが、あの女刑事に先手を打たれたと言ってた」

「結果はそれで良かった。そうだろ?」

「ああ。――じゃ、これで」

「もう、この先は他人だな」

二人はちょっと肯き合った。そして沢田がスポーツバッグを持って、素早く立ち去った。

まるで元から淳一が一人でいたかのように、沢田の姿は消えていた。


「色々世話になりました」

と、マドラスが言った。

「すっかり回復されて何よりです」

と言ったのは、真弓だった。

「いや、全く……」

マドラスは微笑んで、「祖国を留守にしている間に、これほど活動した政治家はいなかったでしょう」

それは確かだ、と淳一は思った。

――成田空港のロビーである。

「そろそろ行かなくては」

と、マドラスが言った。

「お元気で!」

と、マドラスの頰にキスしたのは、「失恋したて」の江口のぞみだった。

「そうそう。これは我が国から正式に申し入れようと思っているのですが」

と、マドラスは真顔になって、「のぞみさんに、我が国の言論委員会の委員長になっていただきたい」

「はあ？」

「報道に命をかける、あなたの姿に感激しました。もちろん、私のことも、好きなように叩いて下さって結構。独立したジャーナリズムが、これからの我が国には必要です」

「そんな……。私、ただのフリージャーナリストですよ！」

と、赤くなりながらも、嬉しそうだ。

「ゆっくり考えて下さい。それから、今野さん」

「何でしょう？」

「ご夫妻で、我が国の警察庁長官になっていただけませんか」

――マドラスは、日本政府の見送りを断った。チャーター機での帰国という申し出も、

「普通の乗客として帰ります」

と、辞退したのだった。

もちろん、ボディガードはついているが、マドラスは自分の手でスーツケースを引張りながら出発ロビーへと向った。

「――驚いたわね」

と、真弓が見送って言った。

「そうだな」

まさか泥棒が警察庁の長官に？　淳一もびっくりした。

マドラスが振り返って、手を振った。

「マドラスちゃん！」

のぞみが思い切り、手を振り返す。


あいつだ……。

空港のロビーを行き交う人々に混って、コートをはおった張本はじっとマドラスを見つめていた。

あいつのせいで……。

もう張本は大臣ではない。いや、国会議員でもなかった。

世間の非難にさらされて、まず首相から見捨てられ、さらに誰もが一斉に張本から離れて行った。

大臣でも議員でもなくなった張本は、もう「何者でもなかった」。それは「生きるに値しないこと」だった。

しかし——このまま消えやしないぞ。

あいつだ。マドラスに、この辛さ、苦しさを思い知らせてやる。

マドラスは列に並んでいる。——今なら近付ける。

コートのポケットの中で、張本はナイフを握りしめていた。

どうなったって、構うものか。ともかく、マドラスを殺すのだ。

張本は足を踏み出した。

そのとき——しがみつくようにして張本を止めたのは——妻のケイ子だった。

「やめて下さい！」

と、ケイ子は小声で言った。

「ケイ子、お前——どこへ行ってた」

「あなたのそばに。ずっとご様子を見ていました。お気持は……。でも、いけません！」

そう言って、ケイ子はよろけて膝をついた。

「おい、どうした！」

ポケットから、ナイフの刃が布を突き破って飛び出していた。血で汚れている。

ケイ子の脇腹が血に染ってくる。

「お前——」

「大丈夫です！　かすり傷です。間違って自分でやってしまった……」

ケイ子がうずくまるのを見て、張本は青ざめた。

「おい、しっかりしろ！　俺は——俺は馬鹿だった！」

「あなた……。早くここを離れて」

「いや、俺はここにいる。そばにいるぞ！」

張本はケイ子を抱いて、「誰か来てくれ！」

と、大声で言った。

「けが人だ！　早く医者を呼んでくれ！」

張本の声は、ロビーの喧噪《けんそう》を貫いて、響き渡った。

解説

山前　譲

来日していた中米の小さな国、N国のマドラス大統領が狙撃されてしまいました。ただ、腹部に二発当たったものの、命に別状はありません。とはいえ、当然ながらしばらくは入院治療となるのでした。そして警護していたSPの佐竹安次は、その職務から離れます。大統領が二発撃たれたことを、警察幹部は問題視するのでした。一発目はともかく、二発目は防ぐことができたのではないかと。

その狙撃事件の犯人として逮捕されたのは、なんと高校二年生の草野まなみです。大統領が撃たれた直後、右手に拳銃を持っていたからでした。もちろんまなみには狙撃なんてできません。それは事件の直後、誰かに握らされたものだったのです。

まなみの祖父の広吉は、今野淳一の同業者でした。孫娘を助けてくれないだろうか。広吉から相談されると、すぐ妻の真弓に連絡する淳一でした。狙撃事件の捜査がずさんだったことを知った真弓は怒り心頭です。

N国は貧しい国で、国民はみんなマドラスに期待していました。もし彼が死んでしまえば、軍事政権が息を吹き返して、国内は内戦状態になるだろうと言われています。その反マドラス派を支持しているのが日本の保守政権でした。そしてN国へ武器を売って儲けようと画策している連中が……。

こうした発端の『泥棒は世界を救う』は、お馴染みの今野夫妻の活躍ですが（なんと二十二冊目！）、まずは時間の流れを確認しておきましょう。この長篇は「読楽」に二〇一八年十月から二〇二〇年一月まで連載され、二〇二〇年五月にトクマ・ノベルズとして刊行されました。

つまりここで描かれているのは、二〇二二年二月に勃発したウクライナ侵攻によって武器や兵器の調達ルートが注目を集めたり、同年七月の元首相狙撃事件によって要人警護の難しさが議論されたりする前に起こった事件なのです。

にもかかわらず、国際情勢の緊張感や武器産業の暗躍、そして日本の政界や経済界の暗部など、社会への鋭いアプローチが際立っています。言論の自由が封じられた日本を背景にした『さすらい』（二〇〇四）や、国民の自由が奪われた管理社会を描く吉川英治文学賞受賞作『東京零年』（二〇一五）のような、近未来的設定の長篇とは違い、もっと身近なところで権力と暴力の危うさが迫ってきます。

そこで思い出されるのは、歴史のなかで幾度となく繰り返されてきた、悲しい出来事ではないでしょうか。国家元首の狙撃事件といえば、やはり第三十五代アメリカ大統領のジョン・F・ケネディの暗殺です。一九六三年十一月二十二日、テキサス州ダラスを遊説中の事件でした。犯人として逮捕された男も射殺されてしまいました。まさに真相は闇の中で、いまだにミステリー的な興味をそそっています。二〇二一年七月には、カリブ海の島国ハイチのジョブネル・モイーズ大統領が、自宅で襲われて死亡した事件もありました。

中南米ではクーデターが繰り返されています。いちいち挙げているときりがありません。たとえば二〇一九年十一月にボリビアの大統領がメキシコに亡命していますが、軍部によるクーデターという見方もあるようです。経済的な基盤の弱い国が多く、そして独裁政権も多く、権力闘争が尽きません。

こうした現実にあらためて目を向ける切っ掛けとなるのがこの『泥棒は世界を救う』ですが、ここでの悪の構図は明確です。防衛大臣の張本悠二は、〈M商事〉の会長・岩国透、〈K製作所〉の社長・鈴村和茂、そして〈T海運〉の会長・太田望と謀議して、N国へ武器を輸出しようとしています。K製作所が開発した新しいライフルが商品です。その武器輸出にはマドラス大統領が邪魔でした。

最初の狙撃に失敗したので次の手段を考えます。佐竹安次の娘、涼子の息子を誘拐し、拳銃を渡して、入院中のマドラス大統領を射殺せよと命じます。涼子に選択の余地はありません。看護師になりすまして病院に潜入しますが……。

日本にはかつて「武器輸出三原則」と呼ばれる基準がありました。法律ではありませんが、この原則によって実質的に武器、あるいは武器製造技術や武器への転用可能な物品の輸出が禁じられていたのです。それにかわって二〇一四年、政府の方針として定められたのが「防衛装備移転三原則」でした。防衛装備の海外移転を基本的に認め、それどころか促進するという方向へとシフトしたのです。張本らが張り切るのは当然だったかもしれません。

かつて佐竹の部下だった上田、凄腕スナイパーの沢田、ライフルの試し打ちに雇われた〈ケン〉、ジャーナリストの江口のぞみ、張本の再婚相手のケイ子、女優志望だった看護師の八田恵、岩国の愛人の神田八重——さまざまな人間模様がマドラス大統領を中心に渦巻いて、じつにスリリングな物語が展開されていきます。

人はなぜ山に登るのかと問われ、イギリスの登山家のジョージ・マロリーが「そこに山があるからだ」と答えたというのは有名な話です。この山というのはヒマラヤ山脈のエベレストのことを差し、登山家のチャレンジ精神を端的に述べたものですが、なんだか哲学的な問答として解釈されるようになっています。

では、人はなぜ戦争をするのか。国家間や民族間のわだかまりは簡単には解決できないことなのかもしれませんが、軍需産業の利権が背景にあるのも間違いないでしょう。この『泥棒は世界を救う』で今野淳一が真弓に、「軍部には必ず資金援助をするスポンサーがいるもんだ」「そういう連中にとっては、戦争も『イベント』さ。自分は絶対に安全な所にいて、金を出す。しかし、奴らは商売人だ。儲からないイベントには手を出さない」とレクチャーしています。

またマドラス大統領は、病室で佐竹涼子に、「世の中には、自分の利益のために、戦争が起ってほしいと願っているような連中がいるのです。おそらく、どの国、どの時代にも」と語り、自身が狙われた理由を分析するのでした。

そして張本大臣は、武器輸出という日本の大きなビジネスのためには、どんなことをしてもいいと思っているようです。マロリーのように肉体の限界に挑むような崇高な精神は、ひとかけらもありません。武器や兵器がなくなる時代ははたしていつ来るのでしょうか。

ところで、今野淳一はなぜ泥棒をしているのでしょう。最初の頃は「お宝」とでもいうべきものが事件に絡んでいました。アルセーヌ・ルパンや怪人二十面相のように秘密の隠れ家があったりするのでしょうか。

このシリーズの愛読者であればもう気付いているに違いありません。今野淳一は愛する妻のために泥棒をしている！　そのテクニックは『泥棒は世界を救う』でも冴え渡っています。まさしく世界を救っているのです。こんな素敵な泥棒はなかなかいない……。

と締めくくりたいところですが、今回は淳一には一歩下がってもらいましょう。主役はやはりマドラス大統領です。彼はきっぱりと言います。「国の運命を担っている以上、利害の対立する人間たちが必ず出てくるものです。政治家はいつでも死ぬ覚悟がいります」と。そんなマドラスをなんとか守ろうとする人たちがじつに印象的です。

二〇二二年十二月

この作品は2020年5月徳間書店より刊行されました。
なお、本作品はフィクションであり実在の個人・団体などとは一切関係がありません。

徳間文庫

夫は泥棒、妻は刑事㉒

泥棒《どろぼう》は世界《せかい》を救《すく》う

2023年1月15日 初刷

著者 赤《あか》川《がわ》次《じ》郎《ろう》

発行者 小宮英行

発行所 株式会社徳間書店

東京都品川区上大崎三—一—一 〒141—8202
目黒セントラルスクエア

電話 編集〇三(五四〇三)四三四九
販売〇四九(二九三)五五二一

振替 〇〇一四〇—〇—四四三九二

印刷 大日本印刷株式会社
製本

ISBN978-4-19-894813-9 (乱丁、落丁本はお取りかえいたします)